狼與辛香料 XIII

Side Colors Ⅲ

支倉凍砂
Isuna Hasekura

Illustration
文倉十
Jyuu Ayakura

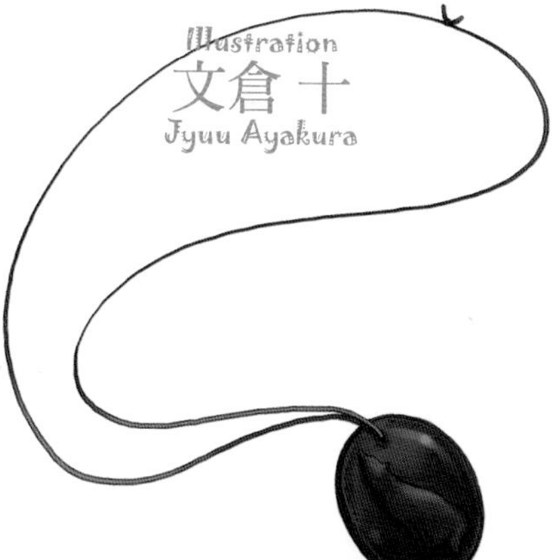

狼與醃漬蜜桃

赫蘿一副等待已久的模樣握住羅倫斯的手。
四周只傳來喀啦喀啦作響的馬車前進聲，好一個平靜的冬季午後。

大笑到滲出淚水的赫蘿再次噗哧一聲笑了出來，然後深呼吸一口氣。
「真是被汝打敗了。」
狼與紅霞色的禮物

站起身子後，
忍不住像隻小狗一樣，
追著在尾巴中間晃動的飾品原地繞了一圈。
狼與銀色的嘆息

主人緊緊抱住我，並把臉埋進我頸部的毛髮裡。
「不可以停滯不前，對不對？」
牧羊女與黑騎士

Contents

狼與辛香料 XIII
Side Colors Ⅲ

狼與醃漬蜜桃

即使只是中小規模的城鎮，依該城鎮是否為貿易重鎮的不同，停留該地的樂趣也會有很大的變化。

這附近有高山和森林，並且擁有從高山流下的清澈河川以及肥沃土壤，帶來豐碩的農產品。農作物的收成好就能夠賣得好價錢，以好價錢賣出農作物就能夠過好日子，日子過得好就能夠栽種出更好的農作物。

一個具有這般良好循環的模範城鎮，就算到了現在這個寒冷冬季，也會有各式各樣滿滿的商品。而前來採買這些商品的商人，或是旅途中前來補給的旅人，以及以這些人為對象而前來展露才藝的旅行藝人或傳教士等人，會將城鎮擠得水洩不通。

設立市場的城鎮中心會因為這些人的充沛活力而鼎沸不絕，其周邊地區則是充滿支撐城鎮生活的人們喧嘩聲。

不僅縫製鞋子或衣服的裁縫店、製作馬車的工作坊、兌換商，就連打造旅人必需品之刀子或長劍的打鐵店，也是人潮蜂湧。

不管向左看還是向右看，到處都是人。

這時候如果還隨風飄來可口的小麥麵包香氣或烤魚香味，整個人會鎮靜不下來也是沒辦法的事情。尤其是在冰冷乾燥空氣下只吃到難吃的麵包和酒，而且無論白天或夜晚都在硬邦邦的馬車上生活好幾天後，更是難以鎮靜。

或許是覺得每經過一家攤販就要開口討東西很煩，同坐在駕座上的赫蘿從方才就一直抓著羅倫斯的衣袖不放。

「兔子……鯰魚……烤栗子……香腸……」

赫蘿像個剛學會說話的小孩子一樣，一一喃喃說出印入眼簾的食物。

不愧是朝氣蓬勃的城鎮攤販，商品種類應有盡有，如果給了赫蘿一枚金幣，肯定不到三天時間就會花個精光。

因為馬路擁擠，使得羅倫斯無法東張西望，但多虧赫蘿的喃喃自語，讓他能夠大致掌握到城鎮裡有哪些商品。或許是距離海洋較遠，城鎮裡似乎沒有什麼水果；相反地，肉類卻是相當豐富。羅倫斯才發現赫蘿特別用力地拉了一下衣袖，便看見兩人路過的一家攤販正在屋簷下烤著肥滋滋的全豬。

烤全豬是用鐵串將豬隻從嘴巴穿至肛門，並且放在火堆上不停轉動。每轉動一圈，就抹上一層油，然後費工夫慢慢燒烤的佳餚。看似店老闆的男子每轉動鐵串一次就抹一次油，在這般寒冷氣候下，男子赤裸著上半身仍流了滿身大汗。

男子四周圍繞著一群咬著手指頭的小孩子，還有看見聲勢浩大的料理場面，而停下腳步觀賞的旅人。

「……一次就好，咱也好想吃吃看那料理……」

趁著羅倫斯也一起看著攤販，赫蘿一副可憐模樣這麼嘀咕著。

不過，羅倫斯重新面向前方，然後咳了一聲這麼說：

「如果我記得沒錯，我應該奉上過一次烤乳豬的貢品給妳。」

那次赫蘿貪心地獨自吃光烤乳豬，還吃得滿手、滿嘴、滿頭髮的油。

她總不會已經忘記這回事了吧？

羅倫斯這麼想著時，赫蘿慢吞吞地在駕座上坐正，然後這麼說：

「吃那種東西只會得到一時的飽足感而已。」

「……就算這樣，妳也不可能吃得了那隻烤全豬吧？」

搞不好那隻豬比赫蘿還重呢。

她該不會打算說就算要露出真實模樣，也要吃到烤全豬吧？

這樣未免也太本末倒置了。羅倫斯這麼想著時，卻發現看向這方的赫蘿臉上，浮現像是難以相信羅倫斯如此愚蠢似的表情。

「咱不是這個意思。」

「那是什麼意思？」

羅倫斯這麼詢問，但不太明白赫蘿想表達什麼。

「汝不知道啊？商人不是要掌握得到對方期待什麼，才稱得上是商人嗎？」

赫蘿嘆了口氣後，原本難以置信的表情甚至參雜了憐憫神色。

這般態度比被人罵是笨蛋或傻瓜，更讓商人的自尊受損。

「等、等一下。」

被赫蘿批評到這般地步，羅倫斯怎麼能夠默不吭聲。

豬。豬肉料理。光靠乳豬無法得到滿足的事情。

赫蘿方才那說法聽起來，這件事情與肉量多寡無關。

「啊！」

「嗯？」

赫蘿一副彷彿在說「汝總算察覺到了」的模樣展露笑顏，並做出微微傾頭的動作。

「原來妳想吃豬皮啊？」

「……嗯？」

「如果是烤乳豬，豬皮確實少了一點。不過，原來是烤得酥脆的豬皮啊……豬皮真的是很奢侈的料理喔。那表面脆脆的，和肉一起咬下去的時候，油脂還會在口中蔓延開來，要是撒多一點鹽巴上去，更是好吃得沒話……喂！」

「呼！」

赫蘿原本露出陶醉眼神聆聽著，她急忙擦了一下嘴角，然後別過臉去。在度過只有乾麵包和硬邦邦的肉乾，以及蒜頭和醋漬高麗菜相陪的粗食生活後，聆聽這般話題簡直是一種罪惡深重的行為。

不過，赫蘿咳了兩、三聲後，一副想要擦去污點般的模樣擦拭嘴角。看見赫蘿這般模樣，羅倫斯知道自己似乎猜錯了。

而且，赫蘿在兜帽底下的表情顯得非常不滿。

「怎樣？妳不是這個意思啊？」

「根本不是。不過……」

說著，赫蘿再擦了一次嘴角，然後壓低下巴接續說：

「豬皮聽起來也不錯……」

「如果不買烤全豬，就吃不到豬皮，但是兩個人點烤全豬來吃的話，肉太多又太可惜。不過，聽說貴族只吃豬皮，把豬肉全丟掉就是了。」

「這樣啊。」

每次提到食物的話題時，赫蘿總是一臉認真。

羅倫斯忍不住笑了出來，然後說了句：「那麼——」並接續說：

「那麼，妳說乳豬無法得到滿足到底是什麼意思？」

「唔？」

「妳不是說不是豬皮嗎？那是香腸嗎？還是煮熟的豬肝？雖然我不太愛吃，但經常會看到豬肝。」

赫蘿該不會突然說想直接生吃豬肝吧？這般不安思緒瞬間閃過羅倫斯的腦海。

因為赫蘿原本是隻狼，她會想生吃豬肝也是理所當然的事情，但如果向店家說「給我一份生的豬肝」，說不定店家會把兩人當成異教徒，然後跑去向教會舉發。

然而……

「大笨驢。」

赫蘿突然說出全盤否定羅倫斯猜測的話語。

「汝真是無藥可救的大笨驢。」

「我才不想被聽到食物就流口水的傢伙這麼說……」

羅倫斯說完話的瞬間，大腿就被捏了一下。

每次羅倫斯以食物成功誘騙赫蘿時，赫蘿總會表現出有些後悔的模樣。

羅倫斯反省著似乎捉弄赫蘿過了頭時，原本嘟起嘴唇瞪視前方的赫蘿，一副嘔氣模樣這麼說：

「就算咱再會吃，肚子也不可能大到哪裡去。乳豬就足夠了。」

既然這樣，那妳到底有什麼不滿足？雖然很想這麼反問回去，但羅倫斯知道自己如果還這麼反問，就是被赫蘿抓花了臉，也不能有怨言。當她說出謎語時，羅倫斯一定能夠解開謎語。

重新記起這般事實後，就很順利地解開了謎題。

他一邊看著赫蘿鬧彆扭地看向前方的側臉，一邊表示投降地靜靜笑著說：

「妳希望我們兩個人一起吃多到吃不完的豐盛料理？」

赫蘿瞥了羅倫斯一眼後，態度大轉變地露出靦腆笑容。

看見赫蘿那也像在掩飾難為情的笑容，羅倫斯忍不住有種想要一直緊擁赫蘿在懷裡的衝動。

他心想，狼真是怕寂寞的動物。

「所以吶？」

所以今天晚上就吃多到吃不完的豐盛料理？

赫蘿咧嘴露出笑容，嘴裡的尖牙若隱若現。羅倫斯突然有種看了不該看的東西的感覺，顯得有些慌張地面向前方。羅倫斯不想讓赫蘿的笑容消失，而這個提議也相當具有吸引力。

然而，這般貪念是商人之敵。

愉快的用餐對上不愉快的買單。偶爾應該可以如此慷慨表現一下，但萬一養成習慣就慘了；這般矛盾想法折磨著羅倫斯。

是我太卑微了嗎?不!這應該是身為商人的正確態度。
這般內心自我掙扎的聲音,讓羅倫斯忍不住用力握緊韁繩。
然後,他忽然察覺到一件事情。
羅倫斯察覺到身旁的赫蘿正彎著身子試圖忍住笑意。
「……」
赫蘿的尾巴看似痛苦地不停甩動著。
看見羅倫斯氣得轉身面向前方,赫蘿終於忍不住噗哧笑了出來。
在一片喧鬧的城鎮裡,就算女子獨自坐在駕座上笑出來,也不會有人在意。
所以,我也不會在意。一點兒都不在意。
羅倫斯這麼告訴自己,並決定徹底不理會赫蘿。
不過,他當然知道這般反應正是逗得赫蘿開心的表現。
看見羅倫斯的懊惱模樣而笑過一陣後,赫蘿這回換成擦拭眼角,然後這麼說:
「謝謝汝的招待。」
「不客氣。」
羅倫斯面帶認真表情答道。

「什麼？沒房間了？」

這間旅館一樓設有提供簡餐的餐廳，黃昏即將到來的這個時刻已經擠滿了客人。

雖然羅倫斯早有不好的預感，但終究撲了個空。旅館老闆沒有更進一步的表示，只是拿著厚重的帳簿，一副感到過意不去的模樣搔了搔頭。

「這陣子客人進進出出得很頻繁。不好意思喔……」

「這麼說來，其他旅館也都客滿囉？」

「其他同行應該也是吧。像這種時候，公會不要規定得那麼嚴格就好了……」

雖然愈多客人擠進客房，旅館就愈賺錢，但旅館大多受到人數限制。

世上真的發生過因為旅館讓太多客人擠進客房，最後導致建築物倒塌或致命疾病蔓延的案例。而且，客人太多也容易有罪犯或算命師混入旅館，所以公會對於這方面的規定特別嚴厲。

還有，會員如果忤逆公會，就等於忤逆國王。

旅館老闆蓋上厚重帳簿，聊表心意地這麼提議：

「雖然沒有房間了，但可以為您安排餐點。」

「我晚點再來好了。」

旅館老闆沉默地點點頭取代回答，想必他已經重覆過好幾次，也聽膩了這樣的對話。就算大吵大鬧一番，房間也不可能空出來，所以羅倫斯走回馬車，並對著赫蘿沉默地搖了搖頭。

赫蘿一副彷彿在說「這也是當然的吧」似的模樣點了點頭，看得出來她已經逐漸習慣旅行。

然而，赫蘿兜帽底下的表情顯得有些僵硬。

正因為逐漸習慣旅行，赫蘿腦中才會閃過「訂不到房間就可能必須露宿城鎮外」的想法。

為了避免發生這樣的可能性，必須找到能夠停下馬車的地方，並向人借來寢具。看來能夠找的地方頂多只有馬店、商行或教會了。

不過，在大城鎮或許找得到地方，但這般規模的城鎮就很難說了。

如果等到市場關閉，太陽也已經下山的時刻，還必須找地方過夜，那就真的必須如赫蘿所猜測那般暫時走出城鎮了。假設只有羅倫斯一人，就是露宿城鎮外也無所謂，但與赫蘿一起就會比較麻煩。

照現在這樣子看來，應該有很多旅人也已做好心理準備打算露宿城鎮外，這麼一來大家八成會飲酒作樂起來。那些一路度過禁慾旅行生活，最後還喝醉酒的人們如果聚集在一起，可是會變成一群討人厭的傢伙。光是想像如果赫蘿這樣的女孩出現在人群裡會是什麼狀況，羅倫斯就不禁感到厭煩。只有在精神飽滿的時候，才會覺得胡鬧很有趣。旅途疲勞的時候，還是慢慢喝下溫和的酒，再吃一些熱騰騰的食物，然後好好大睡一場最好。

羅倫斯抱著一縷希望走在旅館櫛比鱗次的街上。

走進第二間、第三間旅館時，羅倫斯理所當然地被告知已客滿，到了第四間旅館時，正好看見前一位客人被告知已客滿。

羅倫斯走回馬車後，看見赫蘿似乎已經死了心，開始在馬車上鬆開鞋繩及腰帶。

現在就算去到第五間旅館，想必也會得到同樣的結果。

既然如此，為了以防萬一，應該盡早尋找能夠停下馬車的地方比較好。

過夜的地方有沒有屋頂遮擋，可說感覺相差了十萬八千里。

羅倫斯拉動轠繩讓馬兒變換前進方向，然後在即將開始染上深紅色的天空下，一邊在為了今天最後一趟工作奔走的人群之中穿梭，一邊前進。在這種時候，這些有家可歸的人們會讓人羨慕到忍不住想要發脾氣，也會可憐起自己連投宿一晚的地方都找不到。

或許是識破了羅倫斯這般內心想法，赫蘿刻意地貼近身子。

雖然赫蘿到處鬆綁繩子一副準備放鬆的懶散模樣，但確實陪伴在羅倫斯身邊。

羅倫斯隔著兜帽摸了摸赫蘿的頭後，赫蘿顯得難為情地笑笑。

兩人享受著這般旅途中的平靜時刻。就在這時——

「聽說下星期差不多可以吃了。」

忽然傳來走在馬車旁的人們說話聲。

因為街上擁擠不堪，馬車和徒步差不了多少速度，所以就算羅倫斯沒有刻意偷聽，自然也會聽見對方的對話。從對方臉部和手臂都沾著白色粉末的模樣，不難猜出他們是正在午休的麵包師傅。

麵包師傅似乎在討論這條街上的某家商店。

「喔，你是說歐姆商行的小老闆說的那東西啊？不過，沒想到師父還真的接下了那傢伙的訂單。竟然要求把那種東西放在我們烤出來的麵包上，那傢伙是瞧不起我們還是怎樣？」

「別這麼說嘛。畢竟他會支付破天價的工錢，還會跟我們買很多最頂級的小麥麵包。你偶爾也會想揉一揉百分之百純小麥的麵糰吧？」

「是這樣沒錯啦……可是……」

其中一名麵包師傅似乎非常厭惡商行小老闆下的訂單。傳說所有工匠或師傅當中，就屬這些麵包師傅的自尊心最強，由此可知那訂單肯定違反了麵包師傅的職業道德。

想要成為麵包師傅，必須經過嚴格的學徒時期，並且通過師父的考試。麵包師傅必須習得從麵粉重量的測量方法，到需要困難技術才做得出來的捲麵包等麵包製作方法。

正因為他們必須經過這般考驗，才會抱持特別強的自尊投入於工作。

不過，到底要放什麼東西在上面一起烤成麵包呢？

雖然赫蘿保持靠在羅倫斯身上的姿勢不動，但羅倫斯知道她也豎起耳朵聆聽著兩人的對話。

羅倫斯定睛凝視兩人的視線前方、沿路屋簷相連的建築物。

前方可看見蠟燭店、油店、針線店、鈕釦店排列在一起。

其中頂多只有油店賣的東西能吃，但總不可能把整塊油放在麵包上面吧。

羅倫斯這麼想著時，某家商店印入了眼簾。

那是藥店。

麵包師傅的其中一人說出決定性一句：

「我們做的麵包當然是直接吃原味最好吃。不應該放上那種東西去烤才對。基本上，那東西的價格根本就太貴了。難道說只要用蜂蜜醃漬過，就能夠變成黃金不成?太離譜了！」

「哈哈!什麼嘛，原來你只是因為自己吃不到，才在抱怨啊。」

「才、才不是呢，我對那東西一點興趣都沒有。醃漬蜜桃算什麼!」

羅倫斯之所以忽然拉回視線，是因為發現赫蘿的耳朵就像被針刺了一下似的用力挺起。其挺起力道之大，就是兜帽因此破了洞，羅倫斯也不會覺得訝異。

赫蘿靜止不動。

不過，她的這般反應並非因為擁有了不起的自制力，事實上應該反而是缺乏自制力，才會動也不動一下。

赫蘿的尾巴像點著了火的麥桿一樣，在長袍底下痛苦掙扎著。一場面子、理性與欲望的拔河賽，肯定在她內心如火如荼地展開著。

兩位麵包師傅在那之後仍繼續聊著麵包話題，並超越馬車走去。目送兩人遠去後，羅倫斯斜眼瞥了一下身旁的赫蘿。

要這樣假裝什麼事情都沒發生過嗎？

雖然羅倫斯腦中瞬間閃過這樣的念頭，但赫蘿保持靜止不動，也沒有開口討東西，而正因為她沒有開口討東西，才讓羅倫斯更加害怕。

如果說赫蘿確實擅長於拉鋸戰，這時候可說完全發揮了其真正實力。

要是赫蘿主動說了些什麼，不管是想要否定或敷衍了事，都難不倒羅倫斯。

但是，如果什麼反應都沒有，就無計可施了。

「今、今天晚上好像會很冷喔。」

痛苦之餘，羅倫斯試著撒下誘餌說道，但赫蘿動也沒動一下。

她是認真的。

方才剛剛說完豬皮料理的話題。難得來到了城鎮，如果還必須在寒風下一邊裹著棉被，一邊吃苦澀麵包、喝劣等酒過夜，不用說是赫蘿，任何人也都會認真起來吧。

既然不能住得好一些，至少要吃得好一些。

雖然羅倫斯也有同感，但醃漬蜜桃的價格實在相當昂貴。

一顆醃漬蜜桃可能要價十枚、甚至二十枚崔尼銀幣。

雖然覺得為了付這麼多錢買一顆桃子很蠢，但說實話，羅倫斯也不是付不起。

無論是就荷包而言，或是就想必會因此感到開心的赫蘿笑臉而言，羅倫斯都願意付這個錢。

赫蘿的沉默態度並非平常想捉弄人或惡作劇時的態度。

最後，羅倫斯還是選擇了赫蘿。

「……沒辦法。去藥店買一些能夠暖和身體的東西好了。」

赫蘿靜止不動。

雖然靜止不動，但她的耳朵和尾巴像隻小狗一樣興奮不已。

如字面上的意思，藥店是在販賣藥品的商店，但事實上，藥店的商品可說包羅萬象。

在城鎮，如同鞋店專門販賣鞋子、服裝店專門販賣服裝，各公會基本上都會訂定各自的領域，並且只販賣該領域的商品。因此，服裝店不能幫人家裁縫，鞋店不能幫人家修理鞋子。油店不能販賣麵包，魚店也不能販賣肉類。

照這般理論來說，藥店應該只能夠販賣藥品，但商人們都知道店裡擺放種類愈豐富的商品，就會有愈多客人上門買各種商品。

這樣的緣故使得藥商會絞盡腦汁想出一些歪理，好讓各式各樣的商品列入其生意領域。

其中最容易與其他商店造成爭論的商品，正是辛香料。藥商會以辛香料具有促進流汗或退燒等各種效果為由，而堅稱是藥品。

然後，從這般理論延伸出「對健康有益的商品也屬於藥品」的說法。所以蜂蜜也是藥商主要販賣的商品。

除了藥商之外，就只有販賣蜜蠟的蠟燭店能夠販賣蜂蜜。

對只要是金錢買得到的物品都能夠販賣的旅行商人來說，很難理解城鎮商人這般爭地盤的舉動，但因為有這般爭地盤的舉動，走進藥店才能夠看見各種蜂蜜醃漬的商品排列在一起。

李子、梨子、野草莓、蕪菁、胡蘿蔔、豬肉、牛肉、兔肉、羊肉、鯉魚肉、鯰魚肉；羅倫斯稍微想一想，就能夠舉出這麼多蜂蜜醃漬的商品。

為了讓食物長期保存下來，不是用鹽巴、醋醃漬，或冰塊冷凍，就只能用蜂蜜醃漬而已。在漫長冬季還不見盡頭的這個時期，這類保存食物的價格最昂貴。別看那些桶子或罐子上只是草率地寫上名稱而已，其內容物都可賣得好價錢。

然後，這些商品之中，有一樣大放異彩的商品。

那樣商品就放在藥店最裡面。店老闆正後方放了胡椒、番紅花以及砂糖的罐子，有個琥珀色罐子就端坐在這些罐子旁邊。

一走進店裡，赫蘿立刻盯著那罐子不放。

「歡迎光臨。」

留著鬍鬚的店老闆將視線從羅倫斯身上移向赫蘿。

想必店老闆很快就會看出赫蘿的目光被什麼吸引，所以接下來當然要看赫蘿的裝扮。

店老闆拉長的眉毛有一邊稍微揚起，可能是覺得女客人的裝扮頗為高雅，但怎麼男客人卻顯得寒酸吧。

或許是判斷出羅倫斯兩人就算會掏錢買東西，也不可能買太貴的商品，店老闆一副不帶勁的模樣詢問說：「兩位想找什麼商品嗎？」

「我們想買能夠暖和身體的東西。看是生薑……」

「如果是要生薑，在這邊的架上。」

羅倫斯打算接著說出「或是」兩字，但到了喉嚨就被迫吞了回去。店老闆的意思應該是「如果只是要買這種廉價商品，趕快買一買離開吧」。羅倫斯走近店老闆所指的架子試吃生薑，並決定買下蜂蜜醃漬的生薑。生薑固然便宜，但在無事可做的夜晚，很適合一邊裹著棉被，一邊享用。

不過，羅倫斯當然也察覺到赫蘿不時投來目光。

那目光彷彿在詢問：「聽了麵包師傅的對話後特地來到這裡，總不會只打算讓人空期待一場唄？」

當然了，羅倫斯也抱著不會讓赫蘿空期待一場的打算。

以食物買赫蘿歡心的做法太缺乏創意，而赫蘿自己偶爾也討厭受到這般對待。

然而，如果這個食物是醃漬蜜桃，就另當別論了。

兩人在旅途一路上提到過好幾次醃漬蜜桃，但最後都沒買到。一方面因為價格昂貴，而且大多數的狀況純粹都是因為買不到。

或許是這樣的緣故吧，赫蘿全身散發出「就現在能夠被食物買得歡心」的氛圍。

羅倫斯與情緒激動的赫蘿擦身而過，然後請店老闆分裝一些蜂蜜醃漬的生薑，並準備付錢。

這時，羅倫斯緩慢地準備展開交涉。

然而——

「好了，一共十路德。謝謝。」

羅倫斯付了錢，並沉默不語地接過商品。憑著感覺，羅倫斯知道後方的赫蘿一臉愕然。

店老闆身後的琥珀色罐子上掛著牌子，而羅倫斯的目光盯著牌子上的數字不放。

一顆一盧米歐尼。換算成崔尼銀幣約為三十五枚。

羅倫斯揉了揉眼睛想確認是不是眼花，但牌子上確實寫著這樣的金額。雖然醃漬蜜桃有個好聽的名字叫做黃金之桃，但未免也太貴了。花了足夠時間確認羅倫斯在看什麼後，店老闆顯得刻意地這麼說：

「喲？您的眼光真高。今年的桃子很甜，果肉又有彈性。所使用的蜂蜜，也是在屬於路汀希爾多伯爵用地的森林裡採收到的一級品。一顆要價一盧米歐尼。目前已經有很多人向我訂購，只剩下三顆而已。您要不要也來一顆呢？」

店老闆臉上清楚寫著「反正你也不可能買得起」。在這個與大型商行或富裕都市貴族無緣的城鎮，能夠讓醃漬蜜桃標上如此高價，確實是非常了得的事情。店老闆經營必須迎合客人的生意，卻表現得如此強勢，想必是這般自信的表徵。

不過，羅倫斯也在大型城鎮一路克服困難交易過來，擁有不輸給人的自信。被店老闆看待成沒錢的年輕旅行商人，讓他不禁有些生氣地伸手準備拿出荷包。

但這時他突然停下了動作，這並非因為不想為了顧及一點小面子就砸大錢。純粹是因為羅倫斯比神明還清楚知道荷包裡裝了幾枚貨幣。

如果在這裡用掉了高達一盧米歐尼的金額，恐怕將無法繼續旅行下去。沒有一個愚蠢商人會把所有財產全放進荷包裡，所以羅倫斯也只帶著少許現金行動。

羅倫斯還來不及見到赫蘿的笑臉，現實已經阻擋在前。

等到羅倫斯發現時，赫蘿已經搖著頭。

「哈哈，我要買這種高級品似乎還太早了。」

「這樣嗎？不過，您如果改變了心意，隨時歡迎光顧。」

羅倫斯轉過身走出藥店後，赫蘿也乖乖地跟了上來。她甚至沒有一句抱怨，而這般表現反而讓羅倫斯更覺害怕。

赫蘿的表現簡直就像在黑暗森林裡，配合著對方腳步尾隨在後的狼。

羅倫斯讓赫蘿心懷期待，最後卻沒有買下醃漬蜜桃。

這種行為比在駕座上徹底佯裝不知情更加缺德。

如果先主動道歉，或許傷口不會擴散太大。

羅倫斯這麼想著，於是下定決心轉頭面向赫蘿。

「……」

卻說不出話來，但並非因為看見赫蘿憤怒發狂。

她的態度完全相反。

「……唔？怎麼著？」

赫蘿的話語不帶霸氣，眼神顯得無力。

這時如果還看見赫蘿臉色發青，羅倫斯肯定會懷疑她是不是生病了。

「沒、沒事……」

「是嗎？那這樣，趕快坐上去唄。汝不是坐裡面嗎？」

「呃、喔……」

羅倫斯照著赫蘿指示坐上駕座後，赫蘿也立刻爬上駕座，並動作輕盈地坐在往裡面坐的羅倫斯身旁。

赫蘿生氣時，那纖細身軀看起來就像膨大了好幾倍，而意志消沉時則相反。赫蘿此刻那顯得渺小的身軀，說出她有多麼想吃醃漬蜜桃。

羅倫斯根本沒辦法取笑赫蘿太貪吃。畢竟兩人剛剛度過在冰冷乾燥空氣下，只靠著難吃麵包和酒熬過來的日子。招待給迷了路的國王一群人喝的一碗熱湯，能夠換來數不盡的金銀財寶；這類的故事不勝枚舉。

赫蘿肯定打從心底期待吃到醃漬蜜桃。

而且，赫蘿只是一副完全呆滯的模樣看向遠方，也沒有責怪羅倫斯的意思。

她之所以沒有責怪羅倫斯，是因為知道醃漬蜜桃有多麼昂貴，以及羅倫斯的荷包裡裝了多少錢。

羅倫斯再次看向身旁後，看見赫蘿的身體隨著馬車搖搖晃晃。赫蘿陷入茫然自失的狀態，此刻就是緩緩抱住她，說不定也不會察覺。

馬車發出「啪、啪」的聲音前進著。

今晚兩人恐怕難逃露宿的命運。旅途上人們之所以能夠忍受硬邦邦的馬車，除了期待抵達城鎮後，能夠躺上柔軟床舖並鑽進好幾層棉被底下之外，沒有其他原因。

「……」

羅倫斯緊緊抓住下巴的鬍鬚抓到發疼，並閉上眼睛。

是不是應該折返回去，然後把荷包裡的所有錢丟給藥店老闆呢？

然而，儘管腦中浮現這般念頭，他的手卻沒有拉動韁繩。

一顆一盧米歐尼的價格實在太貴了。

除了買下醃漬蜜桃將無法繼續旅行的現實理由之外，羅倫斯一方面也認為任何一種物品都應該有其合理價格才對。

他宛如面對終極抉擇的樹蛙般一邊淌著冷汗，一邊煩惱不已。

赫蘿那無力垂著肩膀的纖細身軀看起來，哪怕只是一晚都無法忍受在寒冷夜空下露宿。想要讓這般模樣的赫蘿重拾笑臉並恢復精神，只有大快朵頤醃漬蜜桃的那個瞬間而已。

還是去買吧。

羅倫斯這麼下定決心，並拉動韁繩。

「？」

發現羅倫斯的舉動後，赫蘿抬起頭看向羅倫斯。

一顆一盧米歐尼。

這價格雖貴，但與赫蘿相比根本不值多少。

而且，藥店老闆說過只剩下三顆。如果不早點去買，可能會賣光。畢竟這個城鎮景氣好得不得了，好到甚至有好奇的商行小老闆打算把醃漬蜜桃放上麵包去烤。所以，醃漬蜜桃也不是不可能賣光。

馬兒叫了一聲後停下腳步，並準備在擁擠人潮之中轉向的瞬間——

「景氣好？」

羅倫斯腦中閃過一個令人在意的念頭。

雖然這個城鎮的市場生意興隆，又有旅人到訪，所有生意看似運作得很好，但城鎮的富裕程度與其規模一定會成正比。

這麼一來……羅倫斯一邊撫摸下巴的鬍鬚，一邊繼續思考。羅倫斯腦中發出令人心情暢快的「喀鏘、喀鏘」聲響拼湊著思緒。

等到腦中思緒拼湊成形時，羅倫斯再次拉動韁繩，把原本就快轉向的馬車拉了回來。

一名看似旅人的男子破口大罵，但羅倫斯戴著商人的假面具，一副非常過意不去的模樣向男子道歉。

面對羅倫斯突然的改變，赫蘿露出充滿疑問的眼神。

他簡短地這麼說：

「我們去一下商行。」

「……嗯。咦？」

赫蘿就快表示贊同的反應化為疑問句脫口而出。

然而，羅倫斯沒有回答她，只顧著讓馬車前進。

想買到醃漬蜜桃，只要有錢就好；如果沒錢，只要設法賺錢就好了。

目的地是商行。那家麵包師傅對話裡出現的歐姆商行。

如果沒有錢，東西就賣不出去。

這麼一來，東西賣得好的地方就會有源源不絕的金錢流入。

羅倫斯抱著這般單純的想法來到商行後，發現商行規模不大，就像一般到處可見的商行，與這個城鎮的規模十分相襯。

不過，來到商行門前，羅倫斯立刻察覺到商行不知為了什麼原因，而就快被錢淹沒。

明明已是天空染上深紅色，工匠們紛紛開始踏上歸途的時刻，商行門前卻是鬧哄哄一片。

忙碌地到處走來走去的人們因為疲勞和熱氣而雙眼閃閃發光，手持帳簿跑來跑去、想必是商行職員的男子已經變得沙啞無聲。

這裡交易的商品既不是麥子、肉類或鮮魚，也不是皮草或珠寶。

而是木材和鐵。

以及加工這些材料而得、用於某物的零件，或用來加工這些零件的工具。

這類商品在商行的卸貨場堆積如山。

「……那是怎麼回事？」

赫蘿嘀咕道。

雖然兩人一路來看過無數充滿活力的商行，但如果整個城鎮只有某家商行充滿活力，那就不同了。明明已經到了其他商行差不多準備打烊的時刻，這家商行卻是一副準備開始大展身手的模樣。

「這裡會出現建材，就表示某處正在做什麼建設。監視臺嗎？不對，應該是……」

單看各式各樣的零件，完全看不出是用於何物的建材。儘管如此，看見放在最裡面、具有特徵的物品後，羅倫斯還是立刻猜出在建設何物。

然後，羅倫斯不禁面帶笑容心想「難怪景氣會這麼好」。

商行是靠著讓商品右手進、左手出的方式來賺錢的地方，所以當商行接下大型建築物的物資調度工作時，會是最賺錢的時候。這時商行會請來工匠、買齊建材，然後不讓商品放在商行超過一晚，並一件接著一件進行交易來賺取利益。

羅倫斯不禁覺得能夠明白商行小老闆，向麵包店訂購將醃漬蜜桃放上最頂級小麥麵包去烤的心情。商行小老闆的心情肯定就像挖到黃金之泉一樣。

赫蘿回過神來，並露出懷疑目光觀察著羅倫斯。那目光彷彿在說「現在咱知道這家商行的生意特別好，但汝到底打算做什麼？」

羅倫斯一邊嘀咕：「開始吧。」一邊走下馬車後，悠然地走進生意興隆的歐姆商行。

因為太過忙碌，所以就算羅倫斯這種外來者走進商行，也根本不會有人注意。來到這種地方就是要表現出一副理所當然的態度。

然後，找出像是負責人的人物，語調沉穩地搭腔說：

「您好。我聽說人手不夠，所以牽了馬車過來。」

被搭腔的商人像是好幾天沒有好好睡覺似的面帶倦容，唯獨雙眼顯得炯炯有神。

商人手上拿著毛茸茸的羽毛筆，以及因為熱氣而變得皺巴巴的帳簿，其右眼一直保持半睜開狀態。

羅倫斯面帶笑容靜靜等待對方的話語。

商行男子原本一副彷彿時間靜止了似的模樣，然後忽然回過神這麼說：

「呃，喔。等你很久了。馬上開始運貨吧。你的馬車是哪一輛？」

雖然男子沙啞的聲音有些含糊不清，但羅倫斯沒有反問便指向自己的馬車。

「什麼？那輛啊？」

雖然男子突然以發狂的聲音反問，但沒有必要慌張。

羅倫斯緩緩這麼回答：

「我想說能夠裝愈多貨愈好。」

「嗚～這麼大一輛運送起來反而慢……到底是哪個傢伙跟你接洽的……算了，什麼都好，你就盡量裝，裝滿了就出發。馬上出發喔。」

忙碌會麻痺人們的所有知覺。

羅倫斯非常清楚一旦演變成這般狀況，沒有人掌握得到，也沒有人會想掌握什麼人接下什麼工作，又請了什麼人來幫忙。

所以，羅倫斯厚臉皮地這麼詢問：

「呃……因為我臨時接到工作，所以不是很清楚。請問要向誰領取運費？還有要送貨到哪裡？」

男子一副彷彿打哈欠時青蛙跳進嘴裡，然後不小心就這麼吞下青蛙似的表情，發出咕嚕一聲吞下話語。

男子八成是吞下了怒罵或吃驚的話語，但其疲憊不堪的腦袋立刻判斷出不能讓難得前來的支援者溜走。男子指向坐在卸貨場角落的書桌前，與羊皮紙展開搏鬥的男子，然後把工作丟給對方說：

「你去問那個男的。」

羅倫斯看向男子所指的方向，然後一副拖拉成性的商人模樣搔了搔頭致謝：

「我知道了。」

在這瞬間男子已經忘了羅倫斯的存在，開始對著卸貨工人發出指示。

羅倫斯從容不迫地走向書桌準備接工作。

有一個流傳於北方大地的傳說故事。

據說北方大地有個村落，那裡的男人能夠遙望大地盡頭，甚至能夠打下在雲端飛翔的小鳥。這個村落的女人無論天氣再怎麼寒冷，臉上永遠掛著沉穩的笑容；即使睡著了，她們也能夠不停手地繼續紡線。

某天，有個陌生旅人來到這個村落，為了報答村民的收留，旅人教導了村民如何讀寫文字。在這之前村民們完全不識字，對於村落的歷史或重大事件，都是以以口傳口的方式留下記錄。因此，只要有人不小心發生意外或生病而死，村民就會失去很多東西。

村民們非常感謝旅人。

等到旅人再次踏上旅途後，村民們察覺到了一件事情。

村裡的男人不再能夠遙望天空盡頭，女人也變得容易疲累而疏於工作。就只有不會讀寫的小孩子，依然如往常一樣。

因為看見坐在書桌前一邊與睡魔搏鬥，一邊拚命追著文字跑的年輕商人實在太可憐，羅倫斯不禁想起這個傳說故事。

年輕商人的模樣非常適合用「被套上名為文字的腳銬，甚至還綁上了項圈」來形容。

說不定來自地獄的惡魔還會下手輕一些。

羅倫斯忍不住這麼想。

「不好意思。」

不過，如果事情攸關賺錢，就另當別論了。

聽到羅倫斯的搭腔後，年輕商人像隻熊一樣動作遲緩地看向羅倫斯。

「……嗯？」

「那邊那位負責人要我來問您送貨地點以及運費。」

羅倫斯沒有說謊。他只是沒有說出所有實情而已。

年輕商人看向羅倫斯所指的方向，然後再次看向羅倫斯發愣了好一會兒。

年輕商人沒有停下寫字的動作。

這般舉動算是一種特技。

「呃，喔……好、好。呃……」

交談之中，書桌上的紙張和羊皮紙愈堆愈高。

這些紙張想必是經由歐姆商行出貨的各類建材文件，其數量相當驚人。

「送貨地點是……魯懷村北部……這樣你知道地方嗎？路上有木牌做標示才對，應該找得到吧……就請你運送……那裡、就在那邊的貨物。什麼貨物都好，就盡所能地多載一些……」

或許是說話時不禁鬆懈了下來，年輕商人的音量逐漸變小，同時慢慢垂下眼簾。

「運費呢？」

羅倫斯拍了拍年輕商人的肩膀問道。年輕商人嚇了一跳地縮起身子，並張開眼睛說：

「運費？對喔，還沒跟你說明喔……呃……貨物上面都綁著牌子……請你把牌子帶回來領錢。一張牌子大概能夠換一枚……崔尼銀幣……」

年輕商人就這麼把話含在嘴裡不知咕噥了些什麼，然後沉沉睡去。

雖然知道年輕商人如果不繼續工作可能會挨罵，但羅倫斯又不忍心叫醒年輕商人，於是就這麼沒理會地走了出去。

向前走了三步後，羅倫斯轉過身子粗魯地搖晃沉睡中的年輕商人肩膀。

羅倫斯忘了來到這家商行的另外一個目的。

「喂，起來一下。喂。」

「啊呼……」

「因為我臨時接到工作，所以沒訂到房間，方便借住商行的房間嗎？」

像這種商行應該有一、兩間供人休息的房間才對。

聽到羅倫斯的詢問後，年輕商人指向商行最裡面這麼回答：

「老闆娘……在最裡面……請你去跟老闆娘說……應該還可以幫你準備餐點……」

「謝謝你。」

羅倫斯打斷年輕商人的話語，然後拍了拍他的肩膀離開。

他抱著答謝心情特地叫醒年輕商人，年輕商人卻再次一邊咕噥，一邊沉沉睡去，也只好置之不理。

赫蘿孤伶伶坐在馬車上，羅倫斯跑近馬車這麼說：

「住宿有著落了。」

從兜帽底下的琥珀色眼珠中，羅倫斯看見赫蘿對他的粗魯行徑抱著讚賞與難以置信的心情。

然後，赫蘿立刻別開視線，並再次投來沉默的詢問目光。

——汝到底打算做什麼？

「我去工作了。」

「工作？啊！汝打算……」

皺著眉頭的赫蘿很快地找到了答案，但羅倫斯沒有理會她的話語。

羅倫斯催促赫蘿走下馬車。

「這裡整個晚上應該都會這麼熱鬧，或許會有點吵吧。」

羅倫斯用左手拉動韁繩，讓馬車進入卸貨場。

在這般混亂場面之下，就算找個人拜託，也不會有人願意帶路，但一旦走進去後，裡頭的傢伙就會自動採取動作。不出所料地，發現空蕩蕩的馬車出現後，卸貨工人一擁而上，轉眼間便完成了裝貨作業。

赫蘿瞪大眼睛注視著這般光景，但臉上漸漸化為不悅神情。

她一直看著羅倫斯，並保持沉默地靜止不動。

「我去賺點外快回來。順便也為了找個地方過夜……」

至於羅倫斯用了什麼手段確保投宿處，方才已經表演過了。

照這樣下去肯定會落得露宿城鎮外的下場，所以羅倫斯很想讓旅途疲累的赫蘿，至少能夠在有屋頂的地方過夜一晚。

「明天的事情明天再想吧。今天就先……啊！喂！」

羅倫斯才說明到一半，赫蘿便自顧自地往商行裡面走去。

赫蘿無論膽量還是口才都與羅倫斯不相上下，甚至勝過他，想必一定能夠順利要到房間。

「真是的。」

羅倫斯夾雜著嘆息聲這麼嘀咕過之後，與應是女老闆的婦人正在交談的赫蘿，回頭瞥了羅倫斯一眼。

她動了一下嘴巴，但最後還是沒有開口說話。

羅倫斯心想赫蘿八成是打算開口罵人。

大笨驢。

同樣是一句罵人的話，但依狀況或對方表情不同，意思也會完全不同。

在女老闆的指引下，赫蘿獨自消失在商行最裡面。

雖然羅倫斯老是取笑赫蘿太固執，但想一想後，覺得自己好像也沒好到哪裡去。不僅赫蘿，羅倫斯自己也疲憊不堪。明明如此，羅倫斯卻為了買醃漬蜜桃，而打算不休息地去賺外快。

就為了買只要羅倫斯道歉，赫蘿肯定一下子就會願意放棄的醃漬蜜桃。

羅倫斯回到駕座上，駕著載滿貨物的馬車出發，不禁有種彷彿玩著變態遊戲般的難為情感覺。

不，事實上確實很變態吧；從卸貨場來到街上時，羅倫斯這麼心想。抬頭仰望商行三樓後，看見赫蘿正好打開木窗。

赫蘿嘴裡已叼著蜂蜜醃漬的生薑，並托著腮靠在窗框上。

露出一副就快說出「真是愚蠢雄性」的表情。

雖然差點忍不住朝向赫蘿揮手，但羅倫斯趕緊握緊韁繩面向前方。

他就這麼駕著馬車朝向魯懷村前進。

踏出城鎮那一刻，羅倫斯立刻明白了商行職員為何會說很快就會知道魯懷村的地點。

臨時豎起的木牌上，潦草地寫著「魯懷村」。

不僅如此，或許是打算徹夜運送貨物，路上幾個重要位置還設置了火把。

設置火把想必有一半的目的是作為路標，另一半目的是為了監視有沒有不肖之徒，企圖直接將貨物送去其他地方轉賣。

不知不覺中天空已經染上一片火紅，再過一會兒肯定會轉為群青色。

擦身而過的人們各個面帶倦容，還有幾個駕駛空蕩馬車的人在駕座上睡著了。

回頭一看，可看見星星點點準備前往相同目的地的人。

有的人把貨物扛在肩上，有的人裝在馬背上，有的人則裝在馬車上。

大家的服裝和裝備也七零八落，強調著這是份臨時工作。

放在歐姆商行卸貨場的各種建材，十之八九是用來建設水車。

這個城鎮附近的土地看來肥沃，所以一旦產量拉高，就需要用來磨粉的水車，而且建設水車並非只為了磨粉。豐饒的土地會聚集人群，人群聚集就需要很多物品。而打鐵、染色或紡織的工程，都必須仰賴大量的水車動力。

不過，在設置以及維護上，水車是必須耗費莫大費用的設備，而且基本上，設置水車的河川是屬於貴族所有。因為有需求，所以立刻建設水車，這話聽起來雖然容易，但建設水車牽扯到多方利害關係及想法，所以很多時候無法順利進行。

看見商行那繁忙模樣，不難猜出為了設置水車與否，出現多方對立的情形，最後日程一延再延才好不容易決定設置水車。

之所以急於建設水車，是因為一旦到了春天，山上就會開始融雪，作業也會變得困難。建設者肯定打算趁著水量還少趕緊完成堤防工程，並設置水車，到時候再利用春天的融雪水充分活用水車。

雖不知道能否成功，但看得出來這次的工程進行得相當牽強。

不過，多虧有這次的工程，羅倫斯才能夠若無其事地潛入商行，所以感謝上天帶來這份幸運都來不及了。

而且，羅倫斯很久沒有獨自駕著馬車。如果說赫蘿不在旁邊讓人覺得神清氣爽或許太過分，但偶爾享受這份輕鬆倒也頗為新鮮。

以往明明覺得獨自駕著馬車很孤單，現在卻感到輕鬆，讓他不禁覺得人類真是任性的動物。

羅倫斯許久不曾在太陽下山後，聽到遠處傳來狼叫聲而全身發抖。

他一邊強忍哈欠，一邊注意不讓車輪陷入路面坑洞和沼澤駕著馬車前進，最後終於抵達紅火照亮月夜天空的魯懷村。

魯懷村北端有一大片沿著陡峭山坡延伸的森林，並且有河川流過。

平常只要太陽一下山，想必河川就會融入黑暗森林之中，但如今開拓了河岸，並且點燃無數火把，明顯呈現出河川樣貌。

附近一帶隨處可見正在閉目養神的人，河岸上也看得見多名忙著工作的工匠身影。

眼前的工程浩大且超乎預料，或許這裡打算一次設置多座水車。

說不定羅倫斯這次能夠大賺一筆。

羅倫斯送達貨物並收下取代運費的木牌後，再次急急忙忙地坐上馬車。

雖然不會說人類的語言，但馬兒回過頭，以紫色眼珠哭訴著。

馬兒哭訴著「饒過我吧」。

然而，羅倫斯毫不理會地拉動韁繩讓馬兒轉向，並用力拍打馬屁讓馬車前進。

這是往返愈多次，就能夠賺愈多錢的單純生意。

捨不得停歇片刻的行進，讓羅倫斯懷念起遺忘許久的過往生活。

他一邊輕笑心想「馬兒可能不覺得懷念就是了」，一邊把棉被披上肩膀裹住自己。
距離醃漬蜜桃，還要往返幾趟才買得到呢？
羅倫斯一邊思考這個問題，一邊在月光下前進。

前往魯懷村的道路熱鬧哄哄。
因為歐姆商行支付大手筆的酬勞，加上工期似乎相當短，所以特地發出了徵人啟事，因此湧進了人山人海的求職者。
或許是這樣的緣故，比起平常就慣於運送貨物的商人，路上可看見更多為了賺取臨時收入而來的人們。這些人包括農夫、牧羊人，到街頭藝人或旅途中的傳教士，甚至還出現沒脫掉圍裙就跑來的工匠，就是說動員了全城鎮的人也不誇張。當中多數人背著貨物，勤快地做著不習慣的勞力工作。
然而，通往魯懷村的道路儘管沒那麼險峻，卻有著各種問題。
或許是發現人們來來往往的動靜，不然就是嗅到人們在搬運貨物途中一邊走路，一邊吃糧食的香味，途中沿著森林延伸的路段頻頻傳來狼或野狗的叫聲。不僅如此，經過架在小河上的小橋時，人們也為了過橋順序而起爭執。

就算抵達了村落，同樣是一團亂。村民們忙著整理運來的貨物，並且應付得知水車工程而前來的旅行工匠們。除此之外，為了讓前來村落的人們解解渴，村裡的女人、小孩勤快地從河川取水回來。因為這樣，村落廣場到河川沿路甚至因為水不停撒落，而就快變成泥濘地。

這般混亂的村落裡，可看見星星點點腰上佩帶著長劍、身上穿著銀製或鐵製護胸甲的士兵。想必是擁有水車的貴族前來村落監視工作狀況。

下午時間因為大家還有體力，一方面報酬也十分優渥，所以不會發生什麼太嚴重的問題。

但是，當夕陽開始西下，人們因為疲勞而漸漸膝蓋下彎時，狀況開始變得不同。

即使回到了歐姆商行，也因為負責裝貨的卸貨工們出現疲態，使得出貨作業進行得緩慢。大家忙成這樣，沒想到滿身大汗回來的人們當中，還有人說出途中出現野狗的消息。

羅倫斯也利用馬車運送了七趟貨物，疲勞指數已經相當高。

就算道路沒那麼險惡，光是人潮多就會讓人消耗體力。

羅倫斯稍微數了數荷包金額後，發現今天賺到的外快也不過七枚崔尼銀幣。

這份工作絕非不好賺的外快，甚至可以說是破天價，但這樣還要花上三天或四天才買得到醃漬蜜桃。如果接下來聚集更多人，使作業更加延遲，可能要花上更多天的時間。都怪卸貨工不趕快裝貨，不然就能夠賺更多外快；羅倫斯難掩這般焦躁心情。

不過，就算再急，人們的工作量畢竟有其極限。

羅倫斯做了一次深呼吸，並且坐在馬車上稍作思考。俗話說，欲速則不達。現在先休息，等到晚上想必人潮會變少時再運送貨物，應該就能夠更有效率地賺錢才對；羅倫斯決定賭上這樣的可能性。

他駕著馬車離開排隊隊伍，然後把馬兒連同馬車寄放在已借出所有馬匹、變得空蕩蕩的馬店，並回到商行分配的房間。

不知道赫蘿借住房間時，到底向女老闆說了什麼，赫蘿既沒有被趕出來，也沒有與他人共擠一間房間。房間裡只有赫蘿一人，她坐在窗邊的椅子上，手拿梳子仔細梳理著尾巴。投射進來的深紅色日光晒照下，赫蘿的尾巴高高膨起。

儘管筋疲力盡的羅倫斯把短劍和荷包放在書桌上，赫蘿依舊看也不看一眼。雖然忍不住想要帶著責難意味說「妳日子過得真優雅啊」，但畢竟是羅倫斯自己要求她留在房間，所以沒有做蠢事地說出心中所想，卻仍不禁暗自埋怨起赫蘿好歹也應該說一些什麼。

羅倫斯一邊想著，一邊準備讓疲憊不堪的身軀橫躺在床上。就在這個瞬間——

「似乎還剩兩顆。」

羅倫斯一時之間沒聽懂意思而反看向赫蘿，才發現赫蘿根本沒有看著他。

「已經賣掉了一顆，不久的將來另一顆似乎也會賣掉。」

羅倫斯花了好一段時間才察覺到赫蘿是指醃漬蜜桃。

一方面因為疲累，所以羅倫斯期待著就算聽不到慰勞話語，至少也能夠與赫蘿開心閒聊。然而，羅倫斯握了一整天的韁繩回來，赫蘿卻是一開口就說出帶有催促意味的話語。

就算他的脾氣再好，也會感到生氣。儘管生氣，羅倫斯還是盡可能地以平靜語氣這麼反問：

「妳特地去確認啊？」

雖然「特地」兩字不小心表現出煩躁情緒，但羅倫斯已經累得沒有餘力去理會這種事情。他在床上坐了下來，並解開鞋帶準備脫鞋。

「沒問題唄？」

聽到赫蘿這麼補上一句，羅倫斯猛然停下了手。隔了幾秒鐘後才再次動手脫鞋。

「一顆一盧米歐尼。這不是隨隨便便說買就能買的價格，而且我也不認為買得起的傢伙隨便一抓就一大把。」

「是嗎？那這樣咱就安心了。」

羅倫斯當然能夠把赫蘿這句話不折不扣地當成直率的回答，但顯得太過刻意的說法刺激著他疲憊的神經。他本來打算親切地向赫蘿仔細說明一盧米歐尼是多麼大的金額，但稍微冷靜下來後，便改變了想法。

赫蘿根本沒理由刻意刺激這方的神經，所以應該是自己太疲累才會這麼覺得。

這麼改變想法後，羅倫斯動手鬆開衣服準備閉目養神。

不知不覺中，赫蘿已將視線轉向這方，並且一直注視著羅倫斯的動作。當羅倫斯察覺到赫蘿的視線時，衣服各處已經完全鬆開，只差沒有躺下來而已。就在這個瞬間——

「畢竟汝今天一定賺了很多錢回來唄。」

面對赫蘿露骨的惡意相向，羅倫斯反而不禁感到驚訝。

「明天嗎？還是今天晚上就能夠賺完呢？汝到現在似乎接了多達七次的貨物，賺到的金額一定也相當可觀唄。」

被螞蟻小口小口咬的時候，或許會感到煩躁，但看見蜜蜂準備以毒刺刺人的時候，卻會感到害怕。面對就快齜牙咧嘴發出低吼聲的赫蘿，羅倫斯方才還感受到的煩躁情緒已不知藏到哪兒去，並且幾乎是條件反射地找藉口說：

「沒、沒有，其實只賺了七枚銀幣……」

「七枚？原來如此。那麼，現在因為工程太趕而開始出現問題，汝到底還要多久才賺得完什麼一盧米歐尼呢？」

回到房間時，羅倫斯以為赫蘿的尾巴是被深紅色夕陽晒得膨起，但現在察覺到是因為其他原因而膨起。

然而，感到慌張的羅倫斯腦中一片空白。他不知道赫蘿在生氣什麼。

是因為醃漬蜜桃就快賣光了？還是恨不得馬上吃到醃漬蜜桃？

羅倫斯想不出赫蘿為何生氣，並非因為太過疲累如此瑣碎的理由。他完全不知道赫蘿生氣的原因，就像個傻瓜一樣啞口無言。

即使在深紅色夕陽籠罩下，赫蘿的眼睛還是鮮紅得像兔眼。赫蘿充滿怒氣的眼睛炯炯有光地瞪著羅倫斯。要是沒回答好，恐怕連性命都不保；腦中甚至浮現這般愚蠢想法的下一秒鐘，羅倫斯察覺到不對勁。赫蘿方才說了什麼？赫蘿說接了多達七次的貨物，但為什麼她會知道次數這麼瑣碎的事情呢？

赫蘿怎麼會知道就連在馬車上裝貨的商行職員，都沒掌握到的次數呢？這根本是徹夜一直守在窗邊眺望窗外，才掌握得到的事情。

思考到這裡後，羅倫斯發出「啊」的一聲。赫蘿的耳朵高高挺起，尾巴膨脹到膝蓋上方的高度。

不過，赫蘿的眼裡不再充滿怒氣，也沒有說出挖苦意味十足的話語。取而代之地，赫蘿瞇起眼睛別過臉去。那模樣彷彿期望著在深紅色夕陽籠罩下，能夠遮蓋過一切。

「妳……」

羅倫斯開口說話的瞬間，赫蘿這次真的齜牙咧嘴地突然轉頭面向這方。

「沒事。」

赫蘿瞪視閉上嘴巴的羅倫斯好一會兒後，用力嘆了口氣並且閉上眼睛。當她再次張開眼睛時，沒有看著羅倫斯，而只注視著自己的手。

雖然有部分原因是擔心羅倫斯，但大部分原因是一人被丟在房間，讓赫蘿感到寂寞。她甚至說過孤獨是會致死的病，也曾經為了羅倫斯不惜捨命相助，而羅倫斯當然絕對沒有忘了這些事情。

羅倫斯也是為了報答赫蘿，才會願意讓疲憊不堪的身軀接受鞭打，但他只是心裡這麼想而沒有說出口。就如同赫蘿從這扇窗一直凝視著他。

就算是單調的工作、就算無法紓解疲累，赫蘿還是希望羅倫斯能夠邀她一起工作。她心裡肯定抱著「這樣絕對比被丟在房間裡來得好」的堅決想法。

羅倫斯咳了一聲，好拖延一些時間。

依赫蘿的個性，如果擺明邀她一起工作，肯定不是表現出難以置信的態度，就是生氣，說不定還可能因為覺得遭人憐憫而傷了自尊。

所以，羅倫斯必須找一個像樣的理由。

羅倫斯用著比商談時更快的速度動腦思考，最後好不容易想出了像樣的邀請話語。羅倫斯想起前往魯懷村途中，有一段路會通過森林旁邊。

羅倫斯再咳了一聲後，總算開口說：

「通往村落的道路途中會有野狗出沒。等會兒太陽下山後，會很危險。如果妳願意……」

為了確認赫蘿的反應，羅倫斯說到一半停頓下來。

赫蘿依舊凝視著手邊，但她的模樣已經看不太出來顯得寂寞的感覺。

「想請妳務必幫個忙。」

羅倫斯加重語氣說出「務必」兩字的瞬間，赫蘿的耳朵明顯動了一下。

然而，羅倫斯說完話後，赫蘿沒有立刻回答。或許是身為賢狼的自尊讓赫蘿無法立刻答應。

或許赫蘿是覺得雖然順利讓羅倫斯說出她期望的話語，但如果立刻搖著尾巴答應，面子都沒了。

赫蘿吊人胃口地嘆了口氣，然後把尾巴拉近手邊，並整體撫摸了一下。

在那之後，赫蘿稍微抬高視線地瞥了羅倫斯一眼。那表現就像一個鬧彆扭的公主。

「汝真的那麼希望咱幫忙？」

然後，這般話語從赫蘿口中說出。

赫蘿似乎堅持要營造出「因為羅倫斯硬邀她，她才答應」的事態。

不然赫蘿就是刻意徹底要讓羅倫斯低頭，好一解心中悶氣。

一直丟赫蘿在房間是羅倫斯的失策。

他必須贖罪。

「嗯。可以拜託妳嗎？」

羅倫斯裝得特別可憐地說道，別過臉去的赫蘿耳朵動了兩下。

赫蘿之所以用手稍微遮住嘴巴咳了一下，八成是怕自己笑了出來。

「真是拿汝沒轍吶。」

赫蘿夾雜著嘆息聲說道，然後瞥了羅倫斯一眼。

人們說工匠必須懂得做好最後一道手續，才稱得上獨當一面的工匠。

羅倫斯拚命掩飾難為情和覺得愚蠢的情緒，露出滿面笑容這麼回答：

「謝謝。」

赫蘿終於忍不住噗哧一聲笑了出來。

「嗯。」

她一副搔癢難耐的模樣縮起脖子，這舉動證明她真的心情很好。

不管怎麼說，鬧脾氣的赫蘿壞心眼地設下危險鋼索，而羅倫斯總算是平安走過。

羅倫斯放下心地嘆了口氣後，便急忙脫去最後一件外套並解開皮帶。雖然應該把外套披在椅背上才行，但他已經連這麼做的精力都沒有。

他只想早一刻躺在床上。

距離享受這份舒適感只差一小步。

就在羅倫斯的靈魂就快要飄了出去的那個瞬間，赫蘿站起身子這麼說：

「汝啊，還不快點？」

羅倫斯分不清楚是眼前變得一片黑，還是自己實際閉上了眼睛。

「咦？」

「喏，既然這麼做了決定，休息時間就結束了。已經沒時間拖拖拉拉下去了。」

羅倫斯揉了揉眼睛，並且拚命張開眼睛看向赫蘿後，發現赫蘿急急忙忙穿著帶有兜帽的外套。

赫蘿是在開玩笑吧？

羅倫斯凝視著赫蘿梳妝打扮做準備，他的情緒已經超乎憤怒變成了驚訝。

在羅倫斯眼中，赫蘿的天真笑容顯得殘酷，看似開心甩動著的尾巴也令人害怕。做好出門準備後，赫蘿保持著笑臉慢慢走近羅倫斯。

這不是真的，她一定是在開玩笑。

儘管羅倫斯暗自在心中如此禱告著，赫蘿還是沒有停下腳步。

「喏！走唄。」

然後，赫蘿拉住羅倫斯的手，試圖拉起坐在床上的羅倫斯。

羅倫斯脾氣再好也有限度。

他無意識地撥開赫蘿的手，並且這麼說：

「饒過我吧，我又不是拉馬車的馬。」

這麼說出口後，羅倫斯自覺失言而抬頭仰望赫蘿。

被撥開手後，赫蘿就保持不動地一直看著羅倫斯。不過，她的臉上浮現惡作劇的笑容。

「嗯。咱想也是。」

雖然羅倫斯不禁懷疑起赫蘿可能在生氣，但赫蘿發出「嘿咻」一聲，並一副心情愉悅的模樣在他身旁坐下。

「呵。怎麼著？汝以為咱在生氣？」

赫蘿那顯得開心的表情，說出她原本的目的就是要惹得羅倫斯生氣。

重點就是，羅倫斯被捉弄了。

「汝打算現在先休息一下，等到晚上人潮變少時再有效率地賺錢，是唄？」

只要長時間觀察窗外狀況，很容易就能夠猜出這般打算。

羅倫斯點了點頭後，幾乎是帶著懇求赫蘿讓他睡覺的心情看向赫蘿。

「所以咱才會說汝是大笨驢。」

赫蘿忽然抓住羅倫斯的下巴鬍鬚，然後輕輕左右拉動鬍鬚。

因為羅倫斯實在太想睡又疲累，所以赫蘿這麼做反而讓他覺得舒服。

「汝搬了一整晚的貨物後，打算只在駕座上休息一下，連跟咱吃個早餐都沒有就又立刻出發，這樣工作到剛剛只賺了七枚銀幣，是嗎？」

「……嗯。」

「咱記得一盧米歐尼銀幣大約價值三十五枚銀幣。這麼一來，還要幾天汝才買得到醃漬蜜桃？」

就是小毛頭也懂得怎麼計算。

羅倫斯回答說：

「四天。」

「嗯，花太多時間了。而且……」

赫蘿早料到羅倫斯會插嘴說話，所以強勢地接續說：

「卸貨場一片混亂。不得已只好先休息，等到晚上再來好了；汝認為只有自己會這麼想妥當嗎？」

赫蘿露出得意表情，並在兜帽底下擺動耳朵。憑赫蘿的耳力，應該能夠從房間聽到卸貨場的所有對話才對。

「原來大家都抱著一樣的打算啊……」

「嗯。混亂擁擠的程度應該不會有太大改變唄。而且，那些裝貨的傢伙也該休息了。儘管汝工作到疲憊不堪、唉聲嘆氣，走起路來又東倒西歪，也頂多只撐了五天。反正汝中途一定會勉強自己，所以最多撐得過七天或八天唄。」

赫蘿這般計算確實正確。

羅倫斯精神恍惚地點了點頭後，赫蘿忽然伸出手頂了一下他的額頭。

羅倫斯已筋疲力盡的身軀，甚至無法承受這突來的攻擊。他「啪」一聲仰臥在床上，並只能夠勉強轉動視線看向赫蘿。

「該怎麼做才好？」

「一種方法是祈禱醃漬蜜桃不要賣光。」

羅倫斯閉上眼睛，半夢半醒地說：

「另一種呢？」

「考慮做其他生意。」

「……其他生意？」

面對光是運送貨物就能夠賺到破天價報酬的生意，還有哪個笨蛋會找其他工作做？

羅倫斯在黑暗之中這麼想著，但在他就快完全失去意識的那一刻，聽到赫蘿在耳邊低聲這麼說：

「咱在這裡偷聽來的。反正汝本來只是打算用咱來驅趕野狗，比起這樣，咱有更好的賺錢點子。那就是……」

羅倫斯一邊睡覺，一邊計算著利潤。

羅倫斯向馬店借來了兩輪馬車。
兩輪馬車的貨台很小，駕座更是狹窄，但相對地重量很輕，所以能夠快速移動。
接著準備了粗繩索、毛毯、籃子，以及有一定厚度的木板和大量零錢。
他準備完所有東西，讓馬車停靠在一棟建築物前方後，店老闆一副等待已久的模樣衝了出來。
「我等好久了。借到東西了嗎？」
「借到了，您這邊呢？」
「已經準備齊全了。天還沒亮就有人來敲門，我還以為是旅人，沒想到竟然是接到這樣的工作。」
這位神情愉悅地笑著說話的人，正是旅館老闆。
不過，旅館老闆身上的圍裙已經沾滿油脂和麵包屑。
「你昨天晚上似乎也臨時去拜託麵包店？聽說麵包店的師傅們被迫比教會更早起床，一直抱怨個不停。」
旅館老闆一邊說話，一邊大笑，然後轉身朝向旅館裡頭招手。

兩名小伙子各自拿著大鍋子，搖搖晃晃地從裡面走出來。

「這些加起來差不多有五十人份。我讓小毛頭去肉店買肉時，聽說肉店還擔心地問我們到底收了多少客人呢。」

「臨時才拜託您，卻這麼快準備好，真的很謝謝您。」

「沒什麼。我們旅館業因為受到公會規定的限制，能夠賺的錢有限。只要賺得到臨時收入，小事一樁。」

兩人同心協力地把鍋子塞進狹窄的貨台上，並以生皮包住加以保溫。鍋子裡裝了放入大量蒜頭去烤的羊肉。到現在都還聽得見肥油滋滋叫的聲音。

接著搬來了同樣是大體積的籃子，裡頭放了切過的麵包。

然後，立即又裝上兩只桶子。桶子裡裝了中等品質的葡萄酒。

光是放上這些物品，兩輪馬車已經塞得滿滿了。在旅館老闆的幫忙下，羅倫斯用粗繩索綁住物品好幾圈加以固定。馬兒回過頭看了一眼，而這想必並非偶然。

要是馬兒會說話，肯定會說：「真的要搬這麼多嗎？」

「不過，雖然我都收了錢，也都準備好了東西……」

數完料理費的餘額後，旅館老闆緩緩說道。

可能是有臨時收入的時候都會這麼做，旅館老闆分了幾枚磨損嚴重的貨幣給兩名小伙子。兩名小伙子一邊開心地笑著，一邊回到旅館裡。

「真的沒問題嗎?通往魯懷村的道路不是會經過森林旁邊嗎?」

「聽說那片森林……會出現狼或野狗?」

「沒錯。那條路是歐姆商行為了運送貨物到魯懷村，而急忙開闢出來的道路。那裡的野狗都是因為鎮上的狗數量變得太多，才會跑到城鎮外的野狗。那些狗不怕人，所以很麻煩。老實說，我覺得帶著香味四溢的食物經過那裡太危險了。應該也有其他人想到跟你一樣的點子，但因為經過那裡太危險，所以都放棄了才對。」

赫蘿在商行的房間也偷聽到同樣的內容。

魯懷村連水都沒辦法充分準備，要是應付得了野狗，就能夠準備料理到那裡去賣。

「哈哈，沒問題的。」

羅倫斯笑著答道，並把視線移向兩輪馬車的貨台。貨台上綁著貨物，有個人正準備把木板放在貨物上。

那人是一名身材嬌小又纖瘦的女孩，女孩只要稍微轉個身，纏在腰上的裙子底下就會隱約露出看似腰帶的皮草。固定好木板後，女孩動作輕盈地坐在木板上，並滿意地點了點頭。

然後，女孩一發現羅倫斯的視線，便朝向旅館老闆露出微笑。

「就像船隻會在船首掛著女神，以對抗海上惡魔或災難一樣，我的馬車上有這女孩。」

「喔……不過，女孩是要驅趕野狗？」

雖然旅館老闆一副感到懷疑的模樣，但看見羅倫斯充滿自信地點點頭後，也就沒再說什麼了。

一個經營旅館的老闆，肯定見識過各地方各式各樣的招好運方式。

至少羅倫斯沒有供奉蛇或青蛙，所以還算正常吧。

更重要的是，羅倫斯已經供奉了金額不小的「臨時收入」給旅館老闆，所以旅館老闆根本沒理由說一堆囉嗦意見。

「願神庇佑你們！」

旅館老闆最後只說了這麼一句，便從馬車旁退後了兩步。

「謝謝。啊，對了！」

「啊？」

羅倫斯跳上馬車後，坐在駕座上向旅館老闆搭腔。

雖然兩輪馬車不是太稀奇的東西，但如果有個少女開心地坐在貨台上，就另當別論了。來來往往的人們一副感到稀奇的模樣看向這方，在路上奔跑的小孩子們也以為在舉辦祭典而天真地向赫蘿揮手。

「說不定晚上我會再來請您做一樣的料理。」

旅館老闆先是縮起嘴巴吹了聲口哨，然後咧嘴露出笑容。

「我們店已經客滿，人手相當足夠。公會法並沒有嚴格規定到不能幫客人的忙。」

說罷，旅館老闆大笑了出來。

「那麼，告辭了。」

「好、好，請慢走。祝你們有一趟愉快的旅程。」

馬車發出「喀咚」一聲動了起來，並開始慢慢前進。

在早晨人潮湧現的城鎮裡行進，必須不時停下馬兒或改變方向，而兩輪馬車只有兩個車輪，所以貨台晃動得相當厲害。

每次馬車一改變動作，赫蘿就在羅倫斯正後方一邊發出少根筋的聲音，一邊拚命地不讓自己掉下馬車。不久後，馬車終於來到城鎮郊區。

從這裡開始是兩輪馬車發揮本領的郊外世界。

「好了，妳做好心理準備了嗎？」

赫蘿原本坐在木板上並讓身體往前傾，聽到羅倫斯的話語後，她一邊用兩手抱住羅倫斯頸部，一邊點點頭說：

「咱的速度更快，馬兒的速度根本算不了什麼。」

「不過，前提是用妳自己的腳跑步的時候吧？」

赫蘿現在的姿勢是平常羅倫斯緊緊抓住赫蘿的姿勢。

做生意也一樣，如果是用他人的資金做生意，即使金額相同，緊張感也會截然不同。

赫蘿用力抱緊羅倫斯，並把下巴靠在羅倫斯肩上。

「那這樣，咱必須牢牢抓緊才行。就像汝平常的表現那樣，拚命地忍住不哭。」

「我哪有哭啊……」

「咯咯咯。」

赫蘿壞心眼地笑著，隨著笑聲呼出的氣息讓羅倫斯感到耳朵一陣癢。

羅倫斯一副感到疲憊的模樣嘆了口氣。

然後，這麼說：

「不過，如果妳想哭，我也不會阻止妳。」

「怎麼可——」

韁繩拍打馬屁的聲音，蓋過了赫蘿接著說出的話語。

馬兒跑了出去，兩顆車輪隨之轉動起來。

至於赫蘿最後到底有沒有哭，未來兩人肯定會一直為了這個問題而爭論。

整段路程跑起來只有一句話能夠形容，那就是「痛快」。

兩輪馬車的裝貨量極少，也比四輪馬車晃得厲害。

相對地，速度快得驚人。

雖然羅倫斯也很少利用兩輪馬車，但想要趁熱運送料理時，兩輪馬車可說是最佳工具。手持韁繩坐在晃動不停的駕座上，讓人有種彷彿操縱著流向後方的景色似的感覺。

剛開始害怕得緊抓住羅倫斯不放的赫蘿，也在轉眼間習慣了速度。

等到經過會出現野狗的森林時，赫蘿只是把手搭在羅倫斯肩上，並且站在貨物上用全身迎風大笑著。

畢竟是路上會出現野狗的森林旁，在路上前進的人們全都微微低著頭，當中甚至有人拔出長劍。這般氣氛之中，看見女孩一副開心模樣站在兩輪馬車的貨台上，大家肯定會開始覺得害怕區區野狗的自己顯得愚蠢。

與羅倫斯兩人擦身而過的人們表情變得開朗，並且大動作地朝向兩人揮手。赫蘿一一揮手回應每個人，好幾次都快從貨台上掉了下來。

雖然每次快掉下貨台時，赫蘿就會緊緊勒住羅倫斯的脖子讓他不能呼吸，然後嘻嘻笑個不停，但羅倫斯完全不會想要罵赫蘿。

羅倫斯心想，這隻狼如此活力充沛，難怪被丟在房間裡會生氣了。

途中聽見了長嚎聲從森林裡傳來，路上的人們一齊看向森林，並停下腳步。

在那瞬間，赫蘿一副等待已久的模樣表演長嚎聲，這回大家換成驚愕地看向這方。

然後，大家開始發現自己有多麼膽小。

配合著在貨台上開心發出長嚎聲的赫蘿，路上來來往往的人們也一副不能輸給赫蘿的模樣開心吼叫著。

歷經這獨自坐在馬車上絕對享受不到的樂趣後，兩人抵達了魯懷村。

看見馬車貨台上不是載了水車建材，而是載了一名少女站在桶子和用毛毯包住的鍋子上，村裡每個人都露出感到不可思議的表情。在大家投來的視線之中，羅倫斯優雅地停下馬車後，把赫蘿從貨台上抱下來。赫蘿心情好得彷彿就快看見她不停甩動尾巴。趁著赫蘿準備開工的時間，羅倫斯找出村落的負責人，並進行交涉。最後羅倫斯給了負責人幾枚銀幣，並取得在村裡販賣食物的認可。而且，村裡本來就忙碌到甚至來不及從河川取水。

羅倫斯與赫蘿在麵包裡夾肉，並開始叫賣後，不僅因為害怕通過森林旁邊而沒有帶食物前來的商人，連村民們也爭相聚集了過來。

「喏！那邊！別推擠！好好排隊！」

兩人把已經切得薄薄的肉再切成兩片，然後夾在麵包裡賣。就這麼簡單的動作而已，卻忙得連好好招呼客人的時間都沒有。原因出在羅倫斯做出「就算價格訂得高也賣得出去」的判斷，而帶來的葡萄酒。販賣兩種商品時，並非只要花費兩倍工夫如此單純，而是多於兩倍。雖然過去也曾做過一、兩次類似的生意，但羅倫斯完全忘了這個事實。

即便忙得不可開交，兩人還是拚命地工作。到了差不多賣出一半食物時，後方突然出現一名看似旅行工匠的男子，這麼說：

「我的同伴們也都餓著肚子在工作……」

或許因為原本是一隻寄宿在麥子裡的狼，赫蘿對於吃飯這件事情特別地敏感。

赫蘿看向羅倫斯，並以眼神沉默地主張應該送飯過去給工匠吃。

目前還剩下一大鍋的肉。因為載著貨物的人一個接著一個來到村落，就算一直待在這裡，早晚也能夠賣光所有東西。

羅倫斯是個商人，所以只要東西賣得出去，他都無所謂。雖然覺得似乎沒必要特地換地方做生意，但羅倫斯忽然改變了想法。

羅倫斯兩人的生意在不停往返村落與商行的人們之間，應該會傳開來才對。既然這樣，為了更進一步拓展銷路，或許也賣一些食物給工匠們會比較好。

羅倫斯陷入沉思時，被赫蘿輕輕踩了一下而回過神來。

「汝現在的表情很奸詐。」

「我是個商人啊。好吧。」

說著，羅倫斯把肉夾入手上的麵包並拿給客人後，蓋上鍋蓋轉身面向工匠說：

「頂多只有二十人份，可以嗎？」

在河岸工作的工匠們，幾乎就跟飢餓的狼沒兩樣。

雖然承接工程的歐姆商行不惜花大錢地募集來了工匠，但沒能夠連工匠們的餐點和住宿處都安排妥當，所以工匠們只能夠靠著村民們的好意勉強吃到晚餐。

而且，因為是採用設定工程期限的論件計酬方式，所以工匠們似乎甚至捨不得浪費時間特地去到村落用餐。就算發現羅倫斯兩人出現，他們也只是感到遺憾地瞪了兩人一眼，便立刻回到手邊的工作。在水車小屋裡負責製作軸心或內部裝潢的工匠們，甚至沒空露個臉。

羅倫斯扛著裝滿酒的桶子，赫蘿則是拉著專門給女子運送貨物的小推車，推車上載著鍋子及籃子。看見工匠們的狀況，兩人不禁互看著彼此。

最後，兩人決定邊走邊賣。

「什麼嘛，就這麼一丁點!?塞牙縫都不夠！」

買麵包的工匠每個人都這麼抱怨，但臉上掛著笑容。

如果是在有屋頂遮擋的地方工作，並且按時領薪水的城鎮工匠或許不同，但每一個旅行工匠都會驕傲地說自己做過條件更加嚴苛的工作。
所以，這些旅行工匠明明都餓著肚子，卻沒有任何人要求多分一些肉和麵包。別說是要求多分食物，他們還要羅倫斯兩人盡量分配食物給更多的同伴。聽說旅行工匠們會這麼做，是因為一個人不可能獨力建蓋出大型水車，所以要是有哪一個人倒下，就會拖累大家。或許是曾經在多數人一起工作的麥田裡長期觀察過群體工作的運作狀況，所以對於工匠們的說法，赫蘿似乎也能夠感同身受。
有別於純粹為了招呼客人，赫蘿顯得開心地與工匠們談天說笑。兩人是以一勺酒為單位來賣葡萄酒，而羅倫斯當然發現了赫蘿多舀了一些葡萄酒給工匠們。
不過，他當然沒說什麼就是了。
「兩個麵包就夠了嗎!?」
羅倫斯對著已裝上水車的水車小屋內大聲問道。
明明還沒開始磨粉，羅倫斯卻弄得一身粉末。這是因為工匠們正在切削木頭。赫蘿也因此打了好幾次噴嚏，最後決定在小屋外頭等待。或許是赫蘿的鼻子太過靈敏，所以相對地也會比較敏感。
羅倫斯包了兩人份的麵包後，沿著陡斜的狹窄階梯爬上去。
爬上不停嘎吱作響、令人心驚的階梯後，羅倫斯發現階梯與天花板之間有一塊小空間。兩名全身沾滿木屑的工匠為了調整軸心的咬合度，正拿著銼刀和鋸子展開一番搏鬥。

「我送麵包來了！」

水車聲出乎意料地大。而且，小屋內到處發出木頭被擠壓或轉動的聲音，可說吵上加吵。

羅倫斯大喊了一聲後，兩名工匠迅速回頭看向羅倫斯，然後以驚人的速度爬過來。

事後羅倫斯告訴赫蘿他差點從階梯掉了下去，結果赫蘿嘻嘻笑個不停。

赫蘿就不能表現出一點關心的樣子嗎？羅倫斯這麼心想而嘆息時，赫蘿緩緩揮去沾在他臉上的木屑，並展露微笑。

讓人高興得飛上天，再失望得跌下來，然後再高興得飛上天。

赫蘿這般宛如交替使用水車與錘子的舉動，兩、三下就讓羅倫斯粉身碎骨。

「好了，大概都繞過了吧。」

「應該唄。好像把肉和麵包分成一半，才好不容易分配給所有人。」

赫蘿拉著載了酒桶和鍋子的手推車，胸前掛了一名工匠送給她、刻成兔子形狀的木片。

「應該立刻回到村裡，然後追加料理，趕在明天中午前帶今天的兩倍料理來。」

「嗯。不過，今天結果賺了多少？」

「呃……我算一下喔……」

羅倫斯屈指算了算各項支出，發現減去支出後的金額比想像中來得少。

「換算成崔尼硬幣頂多只有四枚吧。」
「四枚？賣了那麼多才這樣？」
荷包裡確實裝了滿滿的零錢，但劣質的零錢數量再多，終究只是零錢。
「如果對象是慾望薰心的商人，或許能夠多收一點錢，但如果對象是工匠，就不好意思收太多吧？所以，差不多就這樣。」
因為是赫蘿先提議也要賣食物給工匠，所以聽到羅倫斯這麼說，只能壓低下巴。
不過，從事受人們感謝的生意，能夠得到比金錢更可貴的東西。
就算利益率低，而且多少有些風險，羅倫斯還是捨不得把孤立的村落排除在行商路線外。這是因為他忘不了把必需品送到村落時，村民們的反應。
羅倫斯把手放在赫蘿頭上，然後有些粗魯地摸了摸頭。
「不過，只要明天帶兩倍的食物來，就能夠賺到兩倍的錢。如果事前告知過，應該晚上也可以送飯到這裡來，這麼一來，就能夠賺到再多兩倍的錢。買醃漬蜜桃的錢肯定一下子就賺到了。」
聽到羅倫斯的話語後，赫蘿點了點頭，在那同時肚子也咕嚕叫了一聲。
這時，赫蘿的耳朵在羅倫斯手底下驚訝地動了一下，羅倫斯覺得癢而忍不住鬆開了手。因為很難假裝沒聽見，也很難假裝沒發現，所以羅倫斯只好直率地笑了出來。

赫蘿嘟起嘴巴並舉高手準備打羅倫斯的手臂。

不過，在赫蘿準備打人的那一刻，羅倫斯的肚子也叫了一聲。

因為一直與麵包和肉奮力搏鬥，所以沒什麼感覺，等到平靜下來後，兩人才總算發覺肚子餓了。與赫蘿四眼相交後，羅倫斯再次笑了出來，赫蘿原本的憤怒表情也隨之化為笑容。

然後，羅倫斯忽然環視了四周一遍，並朝向貨台伸出手。

「怎麼著？」

「嗯，沒什麼。」

說著，羅倫斯打開鍋子和籃子的蓋子，看見還有一片肉貼在最底下，以及一塊被壓扁的麵包。

「我特地留了一份。想說可以留在回程的路上吃。」

只要是賣得出去的東西什麼都賣，肚子餓了就吃下眼前看到所有可吃的食物，羅倫斯曾經這樣熬過飢餓的日子。他從來沒有想過要留下賣得出去的東西，等到晚些時間再吃。

羅倫斯拿起沾滿油脂的刀子切肉時，赫蘿不停甩動著尾巴。

「不過，汝啊。」

「怎樣？」

「汝總是這樣，重要地方總是少根筋。」

因為準備了廉價羊肉，所以有很多筋。羅倫斯花了點時間切開羊肉後，總算看向赫蘿說：

「重要地方？」

「嗯。汝既然決定要在最後下這樣的工夫，就應該準備肉質更好的肉。這羊肉不怎麼樣。」

羅倫斯原本打算相信赫蘿一直努力在工作，連午餐也沒吃，但畢竟是期望過高了。

不過，找到機會就偷吃肉的表現，確實比較符合赫蘿的作風就是了。

羅倫斯嘆了口氣，然後一邊苦笑，一邊說：「真抱歉，設想不周。」

把麵包分成兩塊，並分別夾入肉片後，羅倫斯稍微猶豫了一下，最後決定把較大塊的麵包遞給赫蘿。

赫蘿的尾巴像條小狗一樣反應直率，嘴巴也同樣反應直率。

「而且，咱也非～常能夠體會那些工匠說的話。這種東西連塞牙縫都不夠。」

「不要抱怨個不停。我剛自立門戶的時候，還靠著吃樹木嫩芽或果肉被吃掉的樹果種子勉強果腹呢。」

赫蘿豪邁地大口咬住麵包，並只轉動視線瞥了羅倫斯一眼後，連同肉片咬下麵包，跟著咀嚼個不停。

羅倫斯收起刀子、蓋回鍋子和籃子的蓋子後，拿起自己那一份麵包，並再次牽著馬車走了出去。

「……咕。汝老是像個老頭子一樣愛說教。」

赫蘿總算吞下麵包後，什麼話不說，偏偏說出這般話語。

被高齡數百歲的赫蘿說成是老頭子，羅倫斯也真是沒救了。

「想要吃更多更好吃的食物是很自然的現象。就像樹木會讓樹葉往兩邊延伸，並且努力向上生長一樣。」

只要從赫蘿口中說出來，詭辯聽起來也會變得頗有道理，真是太狡猾了。

不過，明明第一口就一口氣咬下一大半麵包，貪吃的赫蘿卻覺得再一口就吃光麵包有點可惜，而小口小口地咬著麵包。

看見赫蘿這般孩子氣的表現，羅倫斯忍不住這麼說：

「妳肚子真的那麼餓啊？」

如果只是這麼說，赫蘿或許會露出憤怒眼神瞪看羅倫斯。

然而，赫蘿卻是投來感到懷疑的眼神。這是因為羅倫斯說話的同時，也遞出了麵包。

「神明教導我們要懂得與人分享。」

赫蘿直直注視著羅倫斯好一會兒，最後輕輕一丟，把自己那份麵包丟進嘴裡。

在那幾秒鐘後，羅倫斯手上的麵包已經消失不見了。

「汝……咕，汝偶爾也會有像個男子漢……咕……的表現。」

可能是恨不得早一刻吃到新到手的麵包，赫蘿邊吃邊說道。光是看見赫蘿這般模樣，就讓羅倫斯覺得肚子很飽了。

他想起一句與古時旅人用餐有關的古老格言，然後笑著暗自說了句：「原來如此。」

「不過，咱真的可以吃掉嗎？」

儘管赫蘿用兩手抓住麵包，但基於禮貌，還是這麼詢問。

雖然她那副模樣散發出「不管發生什麼事情都不會鬆手放開麵包」的堅定決心，但既然赫蘿都開口問了，羅倫斯也只能做出回應。

在他開口準備回答的瞬間，腦海裡也串起了古老格言以及赫蘿前天說過的話。

「嗯，儘管吃吧。」

「嗯。是嗎？那這樣——」

「我已經吃得很飽了。」

張大嘴巴的赫蘿就這麼保持姿勢不動，只轉動視線看向羅倫斯。

「怎麼了？」

羅倫斯詢問後，赫蘿先是一副不安模樣不停轉動視線，然後顯得不悅地瞪向羅倫斯。

「什麼嘛，原來汝也偷吃過了啊。咱還在想汝今天怎麼難得表現得如此慷慨……」

聽到赫蘿嘟嘟噥噥抱怨個不停，羅倫斯這麼做出回應：

「妳之前說過的話，應該是要用在這種時候吧？」

「……嗯？咱？咱說了什麼話？」

每次都是赫蘿設下謎題讓羅倫斯去猜。然後，看見羅倫斯猜不出來的苦惱模樣，就會開心地一直取笑羅倫斯。

羅倫斯原本認為赫蘿這種癖好既壞心眼又惡劣，但自己也這麼做了後，不禁覺得非常能夠體會為何她會樂在其中。赫蘿閉上準備咬下麵包的嘴巴，先看了看手中的麵包，再看了看羅倫斯後，做出感到疑問的傾頭動作。

如果能夠一邊喝酒，一邊欣賞這般模樣的赫蘿，會是最好的下酒菜，但羅倫斯擔心酒醒後想要喝水時，水裡會被下了毒。

羅倫斯在時機正好的時候，說出旅人們的古老話語：

「想要吃美食，就付雙倍的錢。想要吃得飽，就吃雙倍的量。那麼，想要得到雙倍的喜悅時，應該怎麼做呢？」

看見烤全豬時，赫蘿也對著羅倫斯說過相同謎題。

羅倫斯笑著接續說：

「只要多找一些共進餐的對象就好。看見妳吃麵包吃得津津有味的樣子，我的肚子也飽了起來。」

看見羅倫斯的笑容後，赫蘿之所以微微垂下了頭，或許是感到有些自我厭惡。羅倫斯當然沒有責怪她的意思，也真的滿足於看她吃麵包吃得津津有味的樣子。

所以，為了以動作取代「儘管吃，別在意」的話語，羅倫斯伸出手想要摸赫蘿的頭捉弄她。

赫蘿撥開羅倫斯的手，然後反過來伸出自己的手。

「聽到汝這麼說，咱還好意思吃掉全部嗎？」

赫蘿伸出的手上拿著被撕下的麵包。

她沒有均等地撕下麵包，別說是均等了，她甚至是經過一番掙扎妥協後，才撕下一小塊麵包。這樣的表現像極了赫蘿的作風。

既然妳那麼想吃麵包，不用分給我沒關係。

羅倫斯打算這麼說的瞬間，赫蘿說出捉弄人的話語：

「咱才不想老是讓汝吃到好吃的東西。」

方才羅倫斯打算摸赫蘿的頭取代「儘管吃，別在意」的話語。

現在赫蘿也做出同樣的行為。

「還是說，汝只顧自己好就好呢？」

賢狼之名並非浪得虛名。

羅倫斯這時如果拒絕，就變成是羅倫斯自私了。

心懷感激地收下赫蘿抱著斷腸之念撕下的麵包後，羅倫斯道謝說：

「謝謝。」

「嗯。」

赫蘿表現出有些驕傲的模樣一邊挺起胸膛，一邊點點頭，然後一副愚蠢至極的模樣笑了出來，並大口咬下麵包。

羅倫斯也把收下的麵包丟進嘴裡，然後在褲子上輕輕擦去沾在手上的麵包屑。

赫蘿一副等待已久的模樣握住羅倫斯的手。

雖然嚇了一跳，但羅倫斯當然沒有做出看向赫蘿的蠢事。

羅倫斯沒出聲地笑笑，並反握住赫蘿的手。

四周只傳來喀啦喀啦作響的馬車前進聲，好一個平靜的冬季午後。

完

狼與紅霞色的禮物

旅途中停靠的城鎮或村落，除了是提供短暫休息的地方，也是旅行必需品的補給站。不用說補給食物、燃料，還要修理馬車或修補衣服，也必須收集道路或治安狀況等情報。只要有人群聚集，自然也會有很多物品集中在一起，所以必須處理很多事情。

而且，如果旅伴的表現就像個任性的公主，必須處理的事情就更多了。

在寒冷季節露宿時，燃料是絕對不可欠缺的東西，但來到商店購買燃料，卻看見旅伴眉頭深鎖。

「……反正是花汝的錢，汝自己判斷就好。」

如果旅伴是以疑問句說：「汝自己判斷好嗎？」或許還顯得可愛且讓人願意受騙，沒想到換成這種不負責任且不屑的說法，感覺竟會差這麼多。

雖然旅伴赫蘿的態度讓人甚至有這般驚訝感受，但無庸置疑地，赫蘿心裡想的和嘴裡說的完全不同。

「妳真的那麼討厭啊？」

「不會。」

赫蘿簡短說道，並別過臉去。她頭上綁著三角頭巾，肩上披著披肩，脖子上圍著狐狸圍巾，手上則戴著用鹿皮做成的手套。這身打扮怎麼看都像個城鎮女孩。不僅如此，赫蘿還擁有一頭從三角頭巾下方垂到腰部、就是貴族也不見得能夠擁有的美麗亞麻色長髮。如果有十個人與赫蘿擦身而過，十個人都會因其美貌而回過頭看。

如果是詩人，可能會形容赫蘿是看起來最楚楚可憐的十來歲少女，但羅倫斯知道事情的真相。

赫蘿既不是城鎮女孩，也不是十來歲的少女，其真實身分甚至不屬於人類。只要拿下三角頭巾，就會看見藏在底下的動物耳朵，綁在腰上的長袍底下也藏著毛髮茂密的尾巴。

赫蘿是寄宿在麥子裡，並且能夠掌控麥子豐收與否，從前甚至被尊稱為神明的存在，其真實模樣是一隻高齡數百歲的巨狼。

約伊茲的賢狼赫蘿。

每次一有什麼，赫蘿就會挺起胸膛驕傲地這麼形容自己，羅倫斯卻是時而忍不住想要嘆氣。因為赫蘿這隻賢狼的心胸似乎狹窄了些。

「距離下一個城鎮不會太遠，而且應該也不會太冷。忍耐個一、兩天吃冷飯應該沒問題吧？所以──」

「所以咱說汝自己判斷就好。」

「……」

羅倫斯與赫蘿此刻站在販賣給旅人在夜裡取暖，或取光線的燃料店。

店前面堆放了大量木柴，不僅旅人，各式各樣的人也會前來購買，而擺放在木柴旁的商品同樣以不輸給木柴的速度售出。

使用木柴旁的商品時，火勢確實比木柴來得弱，更明顯的不同是這商品散發出獨特的味道。對鼻子比人類靈敏太多的赫蘿來說，或許真的很難受也說不定。

可是，這商品很便宜。

而對商人來說，價格便宜是非常重要的事情，重要到會讓商人寧願閉眼不去注意各種缺點，有時候甚至願意遮住鼻子。

赫蘿從方才就一直嫌棄的東西是價格比木柴便宜得多，長得像黑色泥塊的泥炭。

「那麼，兩位客人決定買什麼呢？兩位一直在店前面猶豫不決，我們實在很難做生意呢。」

老闆站在屋簷下一邊扶著堆高的木柴，一邊露出苦笑。

其臉上浮現一半同情搞不定任性旅伴的羅倫斯，另一半覺得活該的笑容。

羅倫斯獨自旅行時也有過相同反應，所以不太好意思生氣，但帶著像赫蘿這般美女一起行動，往往會遭人忌妒。

如果因為遭人忌妒就退縮，怎麼還有辦法當個商人？所以羅倫斯根本不覺得在意。不過，如果表現得太得意，也非聰明之舉。

尤其是身邊有個看見對方變得得意時，就會用力搖晃他的鼻梁，然後享受看對方慌張模樣的壞心眼傢伙，更不能表現得太得意。

看見赫蘿一副傲慢自大的公主模樣，把雙手交叉在胸前，羅倫斯不得已只好暫時保留燃料的問題。

「不好意思，我們晚點再來。」

「好的，歡迎再次大駕光臨。」

儘管露出敷衍表情，老闆的用字遣詞還是非常有禮貌。

老闆這般態度就跟赫蘿沒什麼兩樣，而說到了赫蘿，離開燃料店後，心情立即轉好。

「接下來是採買食物。喏！快走唄！」

說著便抓起羅倫斯的手率先走了出去。

從旁看來，或許會覺得這般光景像是旅行商人幸運地被城鎮女孩喜歡，但羅倫斯依舊忍不住嘆息。

提到旅途上的糧食，想要花言巧語地說服赫蘿，其難度根本不是燃料能夠相比。

「汝的心聲全寫在臉上了。」

赫蘿投來壞心眼笑容的同時，帶有紅色的琥珀色眼睛也抬高視線看向羅倫斯，羅倫斯不禁停下了腳步。

這隻狼總是能夠識破一切。

「下一個城鎮好像很大吶。所以，咱沒打算在這裡做出太奢侈的要求。」

「這意思不就代表到了下一個城鎮會做出奢侈的要求。」

看見赫蘿做出咧嘴一笑的回應，羅倫斯不禁啞口無言。

再說，反正早晚必須與赫蘿交戰一場，所以既然赫蘿現在願意乖乖讓步，羅倫斯決定聽從赫蘿的提議。

「那麼，我就心懷感激地節省糧食費。」

「嗯。」

羅倫斯買了並非使用小麥，而是使用黑麥的麵包當主食，而且還是參雜了豆類和栗子磨成的粉來增量、價格便宜的麵包。

副食則買了蕪菁、胡蘿蔔以及少量炒豆子。請店家裝入皮袋的葡萄酒品質雖不怎麼好，但多少帶有一些透明度。

雖然比平常節省許多，但與從前只靠著像石頭一樣的燕麥麵包，以及淨是殘渣的葡萄酒爬過山頭的日子相比，已經是相當高額的支出。

羅倫斯採買東西時，赫蘿眺望著排列在店外的樹果乾以及炒過的花種子。

他心想趁著赫蘿還沒開口要求買東西，趕快辦好事情，於是趕緊拿出一枚泛黑的銀幣付給店老闆，並準備收下找錢。這時，羅倫斯突然想起一件事。

「啊！抱歉。方便找我那邊那種銅幣嗎？」

「那邊？喔～您是說修米銅幣啊。您打算經過北方的森林啊？」

「是的。我記得途中會經過樵夫村。」

旅途中依經過的城鎮不同，必須準備的零錢種類也會不同。舉例來說，不停往返陷入紛爭的兩個城鎮之間時，如果使用了敵方的貨幣，後果可想而知。

「那地方很小，可能還稱不上是村落。不過，這時期很多人會想趕在下雪前做最後一次工作，應該會聚集很多人吧。所以，兌換比率是這樣。」

儘管兌換行情是由好幾種類，甚至好幾十種類貨幣的行情交錯構成，但只要是做生意的人，都大致掌握了兌換比率。

雖然店老闆提示的兌換比率有些不利於羅倫斯，但也不至於虧損。

羅倫斯表示認同後，接過體積雖小卻頗具厚度、名為修米的銅幣，最後離開了商店。

「商人真是麻煩。」

羅倫斯一走出商店，赫蘿立刻這麼說。

羅倫斯把手放在她頭上反駁：

「沒有妳麻煩就是了。好了，現在剩下馬車的維修，還有收集道路情報……」

赫蘿像個小孩子一樣仰望著羅倫斯屈指說話的模樣。

這時羅倫斯如果沒有理會赫蘿，她肯定會暴怒。

羅倫斯無力地垂下肩膀，死了心地說：

「還有吃飯。」

「嗯。如果是去酒吧吃飯，還能夠收集到旅行情報。這事情太重要了。」

面對賢狼這個對手，羅倫斯想要反駁恐怕很難。

羅倫斯爬上旅館的階梯時，正好遇到旅行商人從上面走下來。

對方輕輕舉高帽子打招呼的同時，投來了苦笑。

羅倫斯當然知道對方露出苦笑的原因。

因為現在太陽根本還沒完全下山，羅倫斯就抱著已經滿臉通紅的赫蘿。

「妳知道這是我第幾次抱妳這個因為喝太多又吃太飽，連腳步都站不穩的賢狼大人嗎？」

「嗚……」

「妳應該慶幸我不是放高利貸的人。要是我是放高利貸的人，妳早就被脫光了。」

羅倫斯撐著赫蘿走路，好不容易才抵達房間。

讓赫蘿躺在床上後，如往常一樣幫赫蘿脫去三角頭巾和披肩之類的衣物。他如此勤勞地服侍著赫蘿，即使不是放高利貸的人，就算他直接脫光赫蘿的衣服，也不會有人責怪他。

儘管腦中每次都會浮現這般想法，羅倫斯卻沒有一次付諸行動。因為赫蘿雖然仰臥在床上痛苦呻吟著，臉上卻浮現開心表情。

「真是的。」

只要笑著這麼嘀咕，再以手指背面撫摸赫蘿的臉頰，就讓羅倫斯感到滿足。

「好了。」

一方面因為特別早抵達城鎮，所以赫蘿也特別早喝醉。

屋外天還亮著，只要打開木窗，就算沒點燃蠟燭也能夠工作。

羅倫斯把荷包、小刀以及地圖放在書桌上，悠哉地準備開始工作。

他首先檢查小刀，以確認是否有刀刃出現缺口或刀柄鬆脫的現象。雖然小刀主要是在用餐時使用，但在漫長旅程中，也曾經劃破過人類皮膚、奪取過動物性命。

說到旅途中救過羅倫斯最多次的存在，莫過於這把小刀。第二多的肯定是神明的庇佑。

如果有人詢問地圖有沒有幫助，只能說地圖的準確度比遮住眼睛前進好一些。不過，事先掌握一定程度的位置關係，也不會吃虧。

尤其是明天起必須經過無法眺望遠方的森林道路。

自稱賢狼的赫蘿就在身邊，感覺上似乎沒什麼好擔心，但從過去的經驗裡，羅倫斯知道並非這麼回事。頂多只有在森林遇到狼的時候，才會因為赫蘿在身邊而感到安心。

不管怎麼說，赫蘿的真正模樣是一隻連羅倫斯都能夠一口吞下的巨狼，有這樣的赫蘿陪伴在身邊，當然沒理由害怕在森林出沒的狼。

就這點來說，確實讓人覺得輕鬆許多。

羅倫斯獨自旅行的那段日子，每次必須經過狼或熊等危險動物特別頻繁出沒的地區時，總是拚命地尋找各種保身方法或幸運物。

像是因為動物討厭聞到金屬味而把用鉛做成的東西纏在身上；或是一直發出聲音，動物就不會靠近而成天敲著小型的鐘；甚至曾經到過教會捐出較高額的捐贈金，請教會為自己祈福。不僅如此，羅倫斯也買過護身符，上面寫了據說從前甚至對狼說教過的有名聖人名字。

然而，不管做了再多預防措施，注定應該遭到狼攻擊就會遭到攻擊，沒用的時候再掙扎也沒用。

雖然羅倫斯也有過令人討厭或痛苦的經驗，但一旦變得不再需要擔心遇到這類事情後，甚至開始有種落寞的感覺，人類真是任性的生物啊！

話雖這麼說，能夠不要遭遇危險當然是最好不過的事情，而過於依賴赫蘿也讓羅倫斯感到過意不去。畢竟赫蘿時而會表現出在意自己不是人類的模樣，總不能夠因為看見狼出現，就煽動赫蘿去打倒對方。

雖不是基於這樣的原因，但羅倫斯最後在書桌上攤開來的荷包內容物之中，有好幾種最具代表性的防狼護身物。

今天在城鎮各商店付錢時，以找錢的方式收集回來的修米銅幣，就是其中之一。

修米銅幣體積小又具有厚度。雖然這種貨幣最適合拿來削去邊緣以收集銅，但修米銅幣不像其他銅幣那樣被切削到連圖樣都缺了一角的地步，甚至可以說幾乎每一枚修米銅幣都保持著完整的狀態。

其原因在於修米銅幣上的圖樣。

羅倫斯從其他貨幣中挑出一枚修米銅幣，並拿在手上眺望。

紅褐色的修米銅幣表面刻了一種動物的圖樣。

「什麼嘛，原來汝在收集這種東西啊？」

聽到說話聲，羅倫斯差點掉了手中的貨幣。

因為他完全沒有發現任何動靜或腳步聲。

赫蘿發出酒氣沖天的臭味一邊打嗝，一邊趴在羅倫斯的背上。

「看來汝總算發現咱們狼了不起的地方了。嗯，這是好事。」

「好啦、好啦！喂！妳這樣很危險喔。」

看見赫蘿身體搖搖晃晃，羅倫斯抓住她的手說道，結果看見赫蘿一副開心模樣微笑著。

就算對方已經喝醉了酒，看見像赫蘿這樣的女孩投來滿面笑容，這方也會跟著臉紅。

「那麼，什麼事？想喝水嗎？」

「嗯……咱的喉嚨快燒起來了……」

因為每次都會上演這樣的橋段，所以羅倫斯習以為常地從椅子上站起來，然後讓赫蘿坐在椅子上，並取來水壺。

把水壺遞給赫蘿後，赫蘿豪邁地大口大口喝著水，在那同時嘴角也不停流出水來。

照赫蘿所說，因為狼沒有雙頰，而她還不習慣怎麼使用人類的雙頰，所以不能怪她。不過，羅倫斯認為事實並非如此，而純粹是因為赫蘿太粗魯。

「呼……嗝。」

「舒服點了沒？」

「嗯……今天喝的酒好像很嗆。害咱喝得口好渴……咕嚕、咕嚕。」

說著，赫蘿又喝起水來，但嘴角灑出來的水未免太多了。

羅倫斯像個男僕一樣用抹布擦著水時，總算有所察覺。

赫蘿是在報復羅倫斯今天點了為了掩飾品質不佳，而必須放入大量生薑的葡萄酒。

「就算點高價位的酒，灑出來這麼多也可惜。」

聽到羅倫斯的話語後，赫蘿露出早就清醒過來的眼神看向羅倫斯，但她只是稍微揚起嘴角，沒有理睬羅倫斯。

「喏！妳如果覺得舒服點了，就讓開來。要是天色變暗了，還要浪費蠟燭。」

赫蘿先看了看書桌上的東西，再看了看羅倫斯後，心不甘情不願地站起身子。

不過，赫蘿似乎沒打算回床上睡覺，而是在書桌角落坐了下來。

「汝在做什麼？是在諷刺咱嗎？」

「我比較希望聽到妳是因為受到良心的譴責，才會這麼覺得。」

「哼。畢竟咱是個好吃懶做的飯桶吶。」

赫蘿再喝了一口水壺裡的水，然後用水壺頂著羅倫斯的太陽穴。

羅倫斯順從地接過水壺，並放在書桌上。

愛說令人厭惡的話語，又喝醉酒的人最惡劣。

這樣也就算了，如果對方還是個演技好得讓人看不出喝醉到什麼程度的人，深究其話語等於是自殺行為。

羅倫斯在陷入深不見底的陷阱之前，把話題拉回銅幣上。

「明天半路會經過樵夫的村落，所以我打算拿到那裡去賣。」

「……賣？」

赫蘿感到懷疑地問道，而這是很自然的反應。

畢竟排列在書桌上的東西，正是用來買物品的貨幣。

「沒錯，要拿去賣。」

「可是……這些是貨幣唄。」

「貨幣也能賣。古老時代……不過，沒妳平常說的古老時代那麼古老就是了，以前不僅是兌換商，工藝師也會在屋簷下賣貨幣。」

赫蘿露出因醉意而顯得水汪汪的眼神，一副感興趣的模樣安靜地從手邊拿起一枚貨幣。

「像是傳說中的國王所發行的貨幣；或是據說某間裡頭有個只要摸到他的衣角，病痛就會立刻痊癒的聖人所屬的修道院領地發行的貨幣。一般會在貨幣上打洞，然後用繩子串起來，再掛在胸前。但我聽說過也有人會把貨幣鑲進劍柄裡。」

赫蘿拿在手上的貨幣刻了船隻和櫓槳的圖樣，是沿海國家所發行的貨幣。

看了看正反面後，赫蘿試著把貨幣拿到胸前比一比。

「那貨幣要拿來當項鍊太小了，那些原本就是打算用來裝飾而發行的貨幣比較大。如果是妳要戴……這個大小的貨幣應該挺適合的。」

羅倫斯把一枚大小合適的貨幣拿到赫蘿胸前一比，原本看起來既平凡又黯淡無光的銀幣，立刻變成像是具有歷史性的銀製品，真是不可思議極了。

俗話說佛要金裝，人要衣裝，但赫蘿正好相反，或許任何東西戴在赫蘿身上，都會變得十分像樣也說不定。

「呵。可以在這上面打洞嗎？」

看見赫蘿一邊看著自己胸前，一邊顯得開心地說道，羅倫斯不禁有些猶豫了起來，但最後還是狠下心拿回貨幣說：

「要是打了洞，就不能用了。」

「唔！」

「妳胸前不是已經掛著貴重的麥子了嗎？怎麼可以跟貨幣掛在一起呢。」

聽到羅倫斯這麼說後，赫蘿一邊顯得落寞地注視著被羅倫斯沒收走的貨幣，一邊顯得少根筋地傾頭發出「啊？」的聲音。

「有一句責怪放高利貸者的傳教話語是這麼說的：放高利貸者之行為就像在田裡撒貨幣。」

儘管顯得少根筋地傾著頭，但畢竟是自稱賢狼的赫蘿。

她一動起腦筋思考，立刻散發出充滿知性的感覺。

不過，因為受到酒精阻礙，赫蘿很快就放棄了。

「……什麼意思？」

「貨幣不會發芽，也不會開花。而且，因為貨幣是金屬做的，所以會破壞土壤，害得所有農作物枯萎。這句話的重點就是在否定收取利息，以及批評違反道德的金錢行為。」

「嗯。」

赫蘿一邊擺動頭上的狼耳朵，一邊接受說明地點了點頭。

「咱的麥子如果枯萎會讓人很困擾。」

羅倫斯心想「還有妳那平常就顯得弱不禁風的身軀」，但終究沒有說出口。

在世上，每個人的生命都是唯一。

「那麼，這貨幣怎麼賣得出去呢？」

赫蘿指著修米銅幣問道。

也就是刻了狼圖樣的銅幣。

「這貨幣是因為……」

羅倫斯瞬間吞吐了起來。

然後，他以商人最擅長的回答方式說：

「想要效仿上面刻的狼模樣。」

「喲？效仿什麼呢？這隻狼看起來非常有智慧的樣子。」

赫蘿拿起一枚修米銅幣，一邊在手掌心上把玩，一邊看似愉快地說道。

這並非因為喝了酒而有的好心情，而是因為修米銅幣上頭刻了狼的圖樣。

旅人在遠離故鄉的異國土地上，因為偶然的緣分看見刻有故鄉偉人肖像的貨幣時，而獲得心靈慰藉。

然而，羅倫斯卻是變得愈來愈吞吐。

看見赫蘿好心情地坐在書桌上不停甩動尾巴，羅倫斯知道沒必要特地說出事實。

「喏，汝啊，到底是效仿什麼？」

所以，赫蘿的這般詢問讓羅倫斯頭痛不已。

「還是勇氣呢？不然就是……幸運？不對，畢竟是效仿咱們狼，所以……」

說著，赫蘿自顧自地猜想著各種可能性。

面對這般模樣的赫蘿，羅倫斯怎可能說得出口。

他怎麼說得出修米銅幣是用來防狼的護身物。

「嗯？對了，汝說過要拿到樵夫的村子去賣。」

「是、是啊。」

「這麼一來就表示……」

思考事情時，赫蘿總會像慢慢沉入水中一樣逐漸陷入思考之中。

羅倫斯只能夠背對著赫蘿，並且閉上眼睛。

赫蘿擁有賢狼這個別號並非浪得虛名，不出羅倫斯所料，她果然察覺到了真正的答案。

赫蘿發出「啪」一聲停止甩動尾巴，然後以更安靜的動作把原本把玩的貨幣放在書桌上。

「……哎，咱本來就在想可能是這麼回事。」

羅倫斯知道赫蘿是顧慮他才會這麼說。

狼與人類。

赫蘿的態度彷彿在說，兩者會對立也是沒辦法的事情。

「對了，那個啊，也有防盜賊的貨幣。所以——」

「汝啊。」

赫蘿顯得落寞地笑笑，然後嘆了口氣。

「汝這樣安慰人，反而會讓咱更難過。」

說著，赫蘿忽然跳下書桌，並回到床上去。羅倫斯想要搭腔，但已經太遲。赫蘿已經整個人鑽進被窩底下，尾巴也慢了一步收進被窩裡。

羅倫斯太大意了。

他一邊責怪自己明明知道事情會這樣，一邊嘆息，並準備把書桌上分類好的貨幣集中收進不同袋子。

就在這個瞬間，羅倫斯腦中忽然浮現一個念頭。

「對喔。既然這樣……」

說著，羅倫斯把手肘靠在椅背上，並回過頭看，赫蘿也一副不知道發生什麼事情的模樣看向羅倫斯。

「難得有妳在，乾脆我們做一些防狼道具來賣，應該能夠大賺一筆吧？」

有些時候完全豁出去的態度會引來苦笑。

然後，不管是苦笑還是哪一種笑容，很多時候只要展露笑臉，就能夠讓心情或氣氛變得開朗。

赫蘿不停微微動著耳朵，並且顯得開心地翻身面向羅倫斯說：「然後呢？」

「好比說，做什麼樣的道具呢？」

赫蘿有時候會說出比其外表顯得更加幼稚的任性話語，有時候又會以連羅倫斯也做不到的乾脆態度抓住僅有的和好機會。

與這樣的旅伴一起旅行是最愉快的事情。

「我想一想喔。」

說著，羅倫斯讓視線在空中遊走。

「比方說發出討人厭的聲音來趕走狼，這樣如何？」

「咱們有時候確實會討厭尖銳刺耳的聲音，可是……這樣與其要趕走狼，反而比較容易引起注意唄。」

非常有道理的意見。

「那麼，祈求神明保佑呢？」

「除非這個神明每天都會餵食物給咱們。」

「聽說狼討厭聞到金屬的味道是真的嗎？」

「金屬？」

赫蘿一副總算聽見值得討論的東西似的模樣挺起身子，然後閉上眼睛轉動脖子。

「這東西聽起來好像有效。」

「那這樣，用鉛做成的圍裙會有效嗎？」

羅倫斯實際看過穿著這種圍裙的商人。

「嗯～」

「好比說，大家經常會說身上包著鎧甲的騎士或傭兵不容易遭到攻擊。」

「那是因為那些傢伙拿著長槍唄？那東西連咱也很頭痛。如果是長劍，咱們應該會因為看不出對方有沒有拿武器，而撲上去唄。」

赫蘿給的答案都非常有道理。

羅倫斯試著說出直率的點子。

「那這樣，單純使用難聞的味道會比較好嗎？」

「是唄，像是香草類的東西有的味道很難聞。對咱們而言，那味道比其他東西都來得討人厭。」

羅倫斯腦中立刻浮現了多種香草種類。

當中也包含了廉價的香草，所以羅倫斯說不定真的能夠大賺一筆。

雖然已經是就快天黑的時刻，但如果是賣香草的商店，就算正準備打烊，也能夠站在店前面聞味道。

「要不要現在去看看呢？順便讓妳醒酒一下。」

「唔，現在嗎？」

赫蘿驚訝地說道，然後改變念頭地展露溫和笑容。

「哎，好唄。」

「那好。」

羅倫斯收拾好東西並從椅子上站起來的同時，面帶笑容望著羅倫斯的赫蘿也走下了床。

「不過，慢慢來，嗯？」

她一邊牽起羅倫斯的手，一邊這麼說。

西邊的天空一片紅，東邊則是逐漸化為藍色。

路上來來往往的人們把圍巾拉高到蓋住嘴巴的位置，然後一邊縮著身子，一邊忙著處理好本日最後一件事，或做起回家的準備。

經過不久前赫蘿還在店裡喝酒玩樂的酒吧時，正好看見招牌女孩在屋簷下懸掛動物油燈。招牌女孩與羅倫斯視線交會後，立刻露出可掬笑容揮了揮手。

「……」

羅倫斯一揮手回應招牌女孩，赫蘿立刻加重力道握住羅倫斯的手，但這般舉動已是每次必定會上演的開玩笑戲碼。

而且，除了招呼客人的基本禮貌之外，招牌女孩也沒有那麼多空閒時間理會一個旅行商人。客人一個接著一個走進酒吧，而且店裡好像傳來呼喚聲，所以招牌女孩很快就走回了店內。

「嚴格說起來，那女孩應該是因為妳的好酒量，才會親切打招呼吧。」

「喲?那這樣咱不應該揮手，而是應該去揮一揮空的酒杯。」

「那麼，我只要揮一揮變輕的荷包就好，是嗎?」

「咯咯，一點也沒錯。」

兩人一邊聊著這般無聊對話，一邊走在黃昏時分的城鎮。

羅倫斯不喜歡顯得哀愁的夏日黃昏，但冬天的黃昏則相反。

或許是因為在寒冷乾燥的空氣中，弄得一身塵埃工作完後，只要回到充滿柔和燈光的溫暖房間，就有美酒和佳餚等著自己。

雖然有這般想法與赫蘿完全一個樣，但每次還是忍不住走進酒吧，又忍不住鬆開荷包，這當中肯定有部分原因出在這種想法上。

羅倫斯一邊這麼想著，一邊與赫蘿走在路上，最後來到某家商店前方。

商店屋簷下掛著招牌，招牌上標示出代表藥商的磨缽圖樣。

一般來說，大部分的城鎮都是藥商負責銷售辛香料或香草。

藥店屋簷下堆著滿山看來詭異的乾草，店內也排列出多種塞在籃子裡的乾草。

不過，老闆弓著背在最裡面正忙著收東西。發現羅倫斯兩人站在店前面後，老闆一邊吐出少量白色氣息，一邊顯得過意不去地笑著說：

「這麼晚了還有客人啊？我們再一下子就要打烊了。」

「可不可以讓我們看一下子就好？」

老闆發出沙沙聲響移動著架子上的罐子和小桶子後，回答說：

「嗯……好吧，只要不會花太長時間。」

「謝謝。」

羅倫斯展露笑顏道謝後，赫蘿看見老闆把頭伸進最裡面的架子，立刻在羅倫斯耳邊低聲說：

「老闆方才是看見咱才答應的唄。」

「他可能在想這個迷上城鎮女孩的笨旅行商人，說不定會買香包給女孩。」

羅倫斯做出聳肩的動作後，赫蘿沒出聲地笑著。

「就算收到有香味的東西，也只會讓肚子變餓。」

「我就知道妳會這麼說。」

兩人在這般互動之下，拿起每一種排列在店面裡的香草一一聞味道。

黑色乾草、青色乾草、深綠色乾草、紅色乾草以及黃色乾草。

另外還有乾燥花和乾燥種子，也有許多問了老闆後，羅倫斯才知道其名字的香草。

至於赫蘿，她則是一邊嗅味道，一邊說出「硬邦邦的牛肉料理常有的味道、劣質酒常有的味道、黑麵包常有的味道」的評語。基本上，這類味道嗆人的香草不是用來提升料理美味，而是反過來消除難吃料理的味道。赫蘿八成是帶著諷刺或挖苦的意味說出這些評語。

不管怎樣，赫蘿靈敏的鼻子不停嗅出味道，還讓途中察覺其靈敏程度的老闆瞪大了眼睛，但羅倫斯這個知道謎底的人當然不覺得驚訝。

不過，真正讓羅倫斯感到驚訝的是，老闆發現赫蘿擁有靈敏嗅覺後，從最裡面搬出了好幾只小籃子。

「有件事情想請妳務必幫忙。」

「唔？」

赫蘿先回頭看向羅倫斯，然後看向老闆。

「這個跟這個，還有這個跟這個。像這個也是，這些都是謠傳最近到處出現假貨的商品。我經營藥店三十年了，時而會因為買到假貨而遭遇慘痛經驗。聽說那些人是利用受過訓練的狗找到香味類似的草……方便花一下時間幫我聞聞看是不是假貨嗎？」

每種生意都有其勞心之處。

雖然赫蘿明顯露出不願意的表情，但羅倫斯精打細算地這麼詢問老闆：

「這女孩曾經在宅邸工作過，宅邸的女主人非常喜歡香草，所以她自然訓練出了靈敏嗅覺。老實說，我也是看中她這點才帶她出來。」

雖然這樣的說法顯得拐彎抹角，但老闆也不是外行人。

老闆立刻點了點頭，並開口說：「這點您不用擔心。」

「如果分辨得出是不是假貨，我願意提供這些當謝禮。」

老闆在秤重用的天秤一端擺上法碼，另一端擺上零錢。

商談成立。

「那麼，赫蘿。」

「……嗯……白色小麥麵包。」

所謂近朱者赤，近墨者黑。

赫蘿也確實提出報酬要求後，羅倫斯點了點頭。

店老闆拿在手上的香草似乎是價格昂貴的香草，提示給羅倫斯的金額也不算少。

這金額就算買了小麥麵包給赫蘿，也還有得找錢。

如果是臨時收入，就是花光全部也無所謂。

「嗯。」

赫蘿原本向老闆拿了一小撮香草聞著味道，聽到羅倫斯這麼嘀咕了一聲後，抬起頭說：

「怎麼著？」

「喔，沒事。我突然想到有點事情要處理。我很快就回來，妳在這邊等一下。」

雖然赫蘿露出不滿表情，但對老闆而言，似乎只要嗅得出香草味道的赫蘿留下來，羅倫斯在不在都無所謂。

羅倫斯輕輕拍了一下赫蘿的肩膀後，沒等待她回答便走了出去。

踏上歸途的人們身影逐漸湧現，在這般城鎮之中，羅倫斯朝向某處快步走著。

懷裡的貨幣輕輕發出噹啷聲響。

羅倫斯處理完事情回到藥店後，發現赫蘿與老闆坐在店門口喝酒。看見兩人一邊說什麼「願榮耀降臨藥商！」一邊喝酒，羅倫斯心想應該已經完成分辨味道的作業。

先發現羅倫斯回來的老闆一走出店門口，立刻一副就快衝上去抱住羅倫斯的模樣，展露笑顏這麼說：

「真是太神奇了！這位姑娘的嗅覺相當準確。我把假貨泡在酒裡後，姑娘當場就識破了假貨。好險，差一點就虧大錢了！」

「那真是太好了。還讓您招待酒。」

「哪兒的話。跟我避開的虧損比起來，根本算不了什麼……對了，我當然還是會準備一大包謝禮答謝兩位。」

說著，老闆急急忙忙往最裡面走去。

赫蘿一副得意表情喝著酒，畢竟原本就還沒有酒醒，所以赫蘿的眼神已經有點恍惚。

「妳喝太多了吧。」

「唔？咱辛苦工作了啊。不像汝只要把賺來的錢放進口袋就好，咱可是累壞了。」

或許是在生氣被羅倫斯丟下來，赫蘿一邊頂著羅倫斯胸口，一邊說話的眼神顯得意外認真。

不過羅倫斯沒有道歉，只是幫赫蘿拿下沾在嘴角的香草屑。

羅倫斯聞了聞香味後，發現是適合搭配葡萄酒的香草。

「看這樣子，根本沒時間完成我們當初的目的。」

聽到羅倫斯的話語，赫蘿咕嘟咕嘟地喝下酒後，一副充滿怨恨的模樣說：

「基本上，要尋找狼討厭的味道，就代表咱自己也要湊近鼻子聞那難聞的味道是唄？為什麼咱非得這麼做不可？」

雖不知道赫蘿是喝醉了，還是故意這麼說，但羅倫斯清楚知道丟下赫蘿這件事讓她相當生氣。

羅倫斯輕輕嘆了口氣，然後抓住赫蘿的手，並且沒收酒杯。

赫蘿似乎沒料到羅倫斯會做出這般舉動，她一副彷彿看見什麼奇妙光景似的模樣，發呆地看著酒杯從手中被拿走。

「酒呢？」

然後茫然地嘀咕說道。

看見赫蘿如此少根筋的可愛模樣，羅倫斯從懷裡拿出一樣東西取代回答。

羅倫斯之所以丟下赫蘿，並非真的有事情忘了處理。

他是前往兌換商、金飾工藝師，或是專門處理銀或鐵的工藝師所聚集的地方。

在幾乎所有店家都準備打烊的時刻，羅倫斯硬是請店家幫忙做了加工。

不過，一方面也是因為這加工很簡單，所以店家才會答應。

羅倫斯把取出的物品親手遞給了赫蘿。

那是打了洞，又用繩子串起的修米銅幣。

「這是……？」

「只是浪費一枚銅幣而已。而且，這種威風凜凜的圖樣感覺比較適合妳。」

赫蘿一直看著銅幣，然後看向羅倫斯。

可能是喝了酒的關係，赫蘿的雙眼濕潤，而羅倫斯肯定一輩子也不會忘記赫蘿在那之後露出的笑咪咪模樣。

「可是……」

說著，赫蘿朝向羅倫斯接續說：

「如果戴上這東西，旅途中咱可能會見不到同伴，不是嗎？」

因為修米銅幣是被當成防狼的護身物，所以難怪赫蘿會這麼說。

不過，羅倫斯拿起垂在銅幣下方的繩子，一邊掛在赫蘿的脖子上，一邊這麼說：

「妳只要在到了城鎮時，再戴上就好了。」

赫蘿乖乖地讓羅倫斯為自己戴上銅幣，並且在羅倫斯為了讓繩子穿過頭髮而把臉貼近時詢

問：

「什麼意思？」

香味夾雜著酒味撲鼻而來，但那香味有別於香草或香油，而是赫蘿身上的淡淡香甜氣味。

沒有什麼比這香味更能夠讓人變得大膽。

「這樣在城鎮的時候，其他色狼就不會靠近妳。」

看見赫蘿驚訝得甚至僵住了身子，羅倫斯不禁心想幸好事先沒收了酒杯。

她的耳朵用力挺起，力道讓三角頭巾差點脫落下來。在那之後，赫蘿一副按捺不住的模樣發出噗哧一聲，並彎起身子笑了起來。

這時店老闆正好拿著報酬從店內走出來，看見赫蘿的模樣後，瞪大了眼睛。

羅倫斯朝向店老闆露出苦笑，赫蘿也幾乎在那同時挺起身子，並抱住羅倫斯的手臂。

「噗咯咯咯……大笨驢，真是一隻大笨驢。」

「夠肉麻了吧？」

「咯咯咯……」

赫蘿繼續大笑一陣後，挺起身子這麼說：

「肉麻到發臭。」

「臭到其他狼都不會靠近？」

赫蘿露齒而笑。

從為赫蘿的大笑模樣感到吃驚的店老闆手中收下報酬後，羅倫斯支付了赫蘿喝下的酒錢。

如羅倫斯所預料，老闆果然提出希望雇用赫蘿的請求，但羅倫斯當然拒絕了。

他牽起赫蘿走了出去。

赫蘿到現在還笑個不停，並且緊緊抱住羅倫斯的手臂，片刻也不肯鬆開。

看著星光開始閃爍的天空，羅倫斯忽然想起一件事，並詢問說：

「對了，如果真的有那麼臭……」

「嗯？」

「就算買了泥炭，妳也不會在意那臭味了吧？」

大笑到眼中滲出淚水的赫蘿再次噗哧一聲笑了出來，然後做了一次深呼吸。

「真是被汝打敗了。」

修米銅幣在赫蘿胸前晃動著。

黃昏下，銅幣上表情威風凜凜的狼，也快要受不了地發出嘆息聲。

完

狼與銀色的嘆息

回頭一看，發現距離馬車已有好一段路。

捉弄著野兔母子時，不知不覺中玩得太投入。

這下子真不知道是誰在捉弄誰。

拍了拍綁在腰上的大塊布料，然後對著野兔露出笑容宣告遊戲結束。這時，野兔母子互看一眼後，腳步輕快地走遠了。

「好了。」

說罷，這方也決定走回巢穴。

這次的巢穴比較特別，是用木頭與鐵做成，前方還有馬匹拉動，並且帶有車輪。

雖然巢穴時而會堆滿貨物，但最近沒有堆放太多東西，所以相當舒適。如果堆放太多貨物，就會狹窄得讓人難受；但堆放太少，又會冷得讓人頭痛。

只要在木箱與木箱之間鋪上生皮，感覺有東西擋住兩側，就能夠得到安心感，同時具有極佳的擋風效果。然後，在中間擺上塞滿穀物的袋子當作枕頭，再準備大量的棉被。接下來只要躺下來在棉被底下縮成一團，然後看是要發呆地數木箱上的木紋也好，要眺望天空也行。

今天天氣這麼好，棉被一定晒得暖烘烘又蓬鬆。

一方面因為剛吃完午餐，想像了一下窩在棉被底下的感覺後，忍不住打起了哈欠。因為人類的嘴巴兩邊有臉頰，所以打起哈欠來有些難受，但伸懶腰時能夠把兩手舉得高高的，也是人類才享受得到的舒服感。

雖然覺得熟悉了好幾百年的狼模樣才是真實的自己，但人類模樣儘管有諸多不便，卻也不覺得討厭就是了。最重要的是，人類會有與眾不同的想法想要裝扮自己。雖然狼也會注重毛髮狀況，但根本比不上人類裝扮自己的行為。

如果以狼來比喻人類這種行為，就像狼會依照當天心情變換毛髮顏色，或變換造型一樣。這怎麼可能不愉快呢？

不過，最大的樂趣還是在於讓其他人看見自己的裝扮，然後觀察對方的各種反應。

就這點來說，旅伴就是最佳對象。一條圍巾或一件長袍就能夠讓旅伴有很大的反應。

至於問題點呢，就是必須花錢才有辦法裝扮自己。這方是堂堂賢狼，如果在意金錢這種人類世界的無聊東西，有可能損及名聲；但既然以人類模樣與人類旅伴一起旅行，這也是沒辦法的事情。

而且，旅伴是個從商的旅行商人，說到旅伴對於金錢有多麼執著，就教人覺得難以置信。好比說現在之所以會繞道來到這片草原，旅伴口中說是因為天氣晴朗又正好是午餐時間，但其實明顯是為了其他理由。

旅伴是為了讓馬兒吃草以節省飼料費，還有前幾天拜訪了一個城鎮，在那裡看見的東西讓旅伴在意得不得了。

從昨晚開始旅伴就一直心不在焉，就是聽到這方搭腔說話，也只是愛理不理地回答。方才吃午餐時也一樣，旅伴的目光一直看著遠方，連這方偷吃了兩塊乳酪也沒發現。

說到旅伴到底在想什麼，似乎是在鎮上看見的貨幣及皮草。

不管是貨幣還是皮草，流通於人類世界的種類都多得讓人難以置信，而兩者的交換比率似乎讓旅伴掛念不已。事情就是，聽說拿黑色皮草交換白色銀幣，再用白色銀幣購買咖啡色皮草，再將這個咖啡色皮草交換成紅色銅幣，最後用紅色銅幣買來黑色皮草，就有可能賺到錢。

為了這件事情，旅伴從昨晚就一直計算著。

在人類世界旅行時，不管做什麼事情都需要用到金錢，而且旅伴本來就是為了賺錢而旅行，所以這方沒道理生氣。

看見旅伴做著如此賺人熱淚的努力，怎麼好意思要求旅伴買根本沒辦法填飽肚子的東西？不過，儘管回到了馬車上，旅伴卻幾乎沒發現的態度，還是讓人不禁微微膨起尾巴就是了。

「汝啊，要待在這裡待到什麼時候？」

這方一邊拍打棉被，一邊這麼詢問。

或許是稍微加重語調說話奏了效，旅伴總算從木板上挪開視線，並抬起了頭。旅伴似乎也沒有好好吃午餐，只顧著一手拿著切削過的樹枝，在塗上蠟的板子上刮來刮去地計算個不停。
「嗯……哎呀，已經這麼晚了啊。」
不愧是具有智慧的人類，無論在任何地方，只抬頭仰望天空，就能夠立刻看出時辰。
旅伴急忙收拾好木板和樹枝，然後把麵包塞進嘴裡。
似乎完全沒有發現這方偷吃了兩塊乳酪。
「妳散步完了嗎？」
然而，這方重新鋪上拍打過的棉被，正準備鑽進去時，旅伴突然這麼說。
旅伴看似沒在注意，但其實還是看得很仔細。
「咱擔心要是跑太遠，汝會害怕。」
旅伴一副樂天派的模樣笑了笑。看見那副蠢樣，有時候真會讓人想要壞心眼地躲起來一下。
要是發現這方不見，旅伴肯定會醜態畢露。
不過，說到旅伴的愚蠢程度，就像貓明明怕水，卻想要抓池裡的魚一樣。
旅伴什麼話不說，偏偏說出這般反駁話語：
「怕什麼，妳跑得再遠，只要肚子餓了，自然就會回來。」
因為這樣就生氣顯得太蠢，所以這方露出笑容回應後，這個笨蛋旅伴立刻表現出自以為很風趣的得意模樣。

一個人能夠愚蠢到這般程度，應該值得誇獎了吧。

「好了，那就把馬兒綁回去，差不多出發吧。」

說著，旅伴從駕座站起來，然後朝向鬆綁的馬兒走去。

這方托腮倚在駕座邊緣上，望著旅伴的舉動。

旅伴明明是個爛好人又膽小，卻很愛面子，有時候還會表現得自信滿滿。

有些時候旅伴會把金錢這種無聊的東西，視為僅次於性命的第二重要物，甚至會有讓人感到可怕的時候。

可是，本以為這樣的旅伴會存下所有賺來的錢，卻在一些怪地方會做出慷慨表現，害得這方老是忍不住搖起尾巴。

旅伴似乎認為這方是為了食物才跟隨著他，難道旅伴真的認為擁有賢狼名號的這方，會只因為「人類料理的食物太好吃」如此膚淺的事情而忘了自我嗎？

旅伴說什麼「只要肚子餓了，自然就會回來」，那根本是不可能的事情。

這方之所以會主動回來，是因為不想一人孤單吃飯，而聽到有飯吃就會忍不住搖起尾巴，是因為旅伴願意為了這方掏腰包。

「大笨驢……」

原本吃著草的馬兒顯得不悅地甩著頭，旅伴的腳步隨之左搖右晃。

這副德性的旅伴有時候還會覺得自己是人類世界裡冷靜沉著的狼，真是笑死人了。這方把臉靠在駕座邊緣上，喃喃說了句：「明明是一隻羊。」

四周一片寧靜，還有溫暖的陽光陪伴，而少根筋的旅伴就在視線前方。

這樣的生活沒有任何不足之處，也沒有任何不滿之處。

這方也不禁大意地在嘴角自然浮現微笑，察覺自己這般奇怪舉動後，笑意變得更深了。

「或許大笨驢是咱自己吶。」

受不了自己地喃喃說道，然後讓視線落在地面上。

下一秒鐘，發現有一樣怪東西掉落在草叢之間。

「什麼東西？」

這方試著探出身子仔細看，但還是看不出來是何物。

最後走下貨台拿起掉落物一看，發現是一條皮繩圈，上頭纏著金屬做成的動物臉型。

「這是什麼東西？」

這方一邊嘀咕，一邊左一次右一次地望著掉落物時，傳來旅伴的聲音：

「喔、來。」

馬兒原本盡情享受著久違的自由，旅伴的打擾似乎讓馬兒相當生氣。

這方與馬兒的烏黑大眼睛視線交會後，馬兒遷怒他人地投來霸氣十足的目光。

不過，馬兒如果有想要逃跑的意思，機會再多不過了。

重點就是，馬兒根本不把旅伴看在眼裡。

活該。

「乖！別亂動！讓我把這個綁上去……好、好，我知道了啦。嘿咻！」

即便如此，旅伴還是動作熟練地一邊閃躲，一邊迅速綁住馬兒。

總是表現完美的人偶爾做出少根筋舉動會讓人覺得可愛，而總是少根筋的人偶爾做出敏捷表現，感覺也不錯。

然而，當旅伴疲憊地嘆口氣時，被馬兒從後方用鼻尖頂了一下。果然還是平常的那個旅伴。

「真是的……好了，出發了喔……怎麼了？」

旅伴肯定以為這方早就躺在貨台上用棉被裹住身體，才會這麼詢問。原本打算問問看方才撿到的是什麼東西，但因為想到了其他事情，最後也就沒有發問。

含糊地回答後，踏著車輪跳上貨台。

旅伴似乎也沒有特別在意的樣子。坐上駕座後，旅伴握住韁繩重新展開旅程。

在喀啦喀啦作響的馬車貨台上，一邊躺在棉被上，一邊拿出撿來的東西重新觀察一遍。

人類世界有很多從未聽過的石頭或金屬在市場流通，而這東西似乎是用常見的鉛做成。大小差不多有大拇指頭這麼大，上面的動物臉型圖樣看起來像小狗或狐狸，不然就是長得醜陋的狼。

這東西似乎經過漫長歲月的洗刷，整體雕刻面受到磨損而變得渾圓，雕花較細膩的部位也已經泛黑。儘管如此，這般長年使用的老舊感，反而讓人感覺別有一番風味。

對賢狼而言，這種別具風格或韻味的東西，會比閃閃發光的東西來得合適。難得這東西還綁上了皮繩圈，或許可以戴在身上來觀察旅伴會有什麼反應。

先嘗試綁在手腕上，但因為繩子太長，所以不太好看。心想接著掛在脖子上看看好了，但後來發現脖子上已經掛著麥袋。

掛在哪裡好呢？嗯？有個好點子了。

人類都會用細繩綁起頭髮了，所以換成是狼，這麼做也沒有什麼好奇怪。

雖然這條皮繩長了一些，但打了結稍作調整後，正好掛了上去。

一方面因為鉛塊部分差不多有大拇指頭這麼大，所以掛起來不會顯得太小家子氣。

要是在森林或在麥田裡，絕對不會有用繩子綁住尾巴的想法。

站起身子後，忍不住像隻小狗一樣，追著在尾巴中間晃動的飾品原地繞了一圈。

「呵呵呵。」

一邊心想「意外撿到了好東西」，一邊在臉上綻放笑容時——

「啊！對了。有件事情想問妳一下。」

說著，旅伴在駕座上轉頭面向這方。

旅伴好巧不巧地在這方扭轉身體看著自己尾巴的瞬間轉頭，這方就是想掩飾都難。

再說，反正本來就打算戴起來給旅伴看，所以乾脆豁出去地對著一臉愕然說「妳在做什麼？」的旅伴，甩了一下尾巴炫耀說：

「如何？汝不覺得很好看嗎？」

這方雙手叉腰，並且學著以前在城鎮看過的舞孃那樣繞了一圈。

旅伴的視線盯著尾巴不放。

似乎連話都說不出來。

「呃、喔，好看，可是……」

可是？

旅伴該不會又因為不甘心直率地說出感想，而打算說一些令人厭惡的話語？

這方心想「真是一隻不坦率的雄性」時，旅伴突然這麼說：

「那東西哪來的？」

「嗯？附近撿來的。」

再次看向自己後，還是覺得很合適。

接近黑色的深灰色飾品放在咖啡色毛髮與前端白色毛髮之間，散發出十足的存在感。

旅伴露出怪異表情望著這方好一會兒時間，看見這方不停甩動尾巴後，旅伴只說了句：「這樣啊。」便重新面向前方。

每次這方像城鎮女孩那樣做出微微傾頭的動作時，旅伴就會立刻失去冷靜。旅伴會有這般怪異反應，可見這個飾品戴在這方身上有多麼好看。

用鼻子發出嘆息聲後，輕快地跳上駕座。

「那麼，汝想問咱什麼？」

因為身高差距，所以坐在旅伴身旁時，必須抬頭仰望旅伴。

這方以巨狼模樣現身時，大多數存在都在視線下方。

或許是這樣的緣故，只是做出抬頭仰望的姿勢，就會讓這方有種像在撒嬌的感覺。雖然剛開始有些難為情，但現在已變成喜愛的姿勢。

如果旅伴因為這方抬頭仰望而變得行徑詭異，更是讓人開心。

這次沒有露出不懷好意的笑容，而是拚命像個小孩子一樣朝向旅伴露出天真笑臉。旅伴斜眼瞥了這方一眼，看得出來拚命想要掩飾困惑。

除了吃飯和午睡的愉快時光之外，就屬此刻最開心了。

這方開心地笑著時，旅伴先咳了一聲，然後總算開口說：

「咳！喔，沒什麼，不是什麼重要的事情……」

旅伴說到一半時，瞥了尾巴一眼。

如果旅伴是刻意這麼做，就是要這方立刻屈服似乎也無不可。

「我們昨天還停留的那個城鎮，關於那裡的皮草啊。」

「嗯。」

旅伴似乎抓到了賺錢的線索。

只要旅伴賺到了錢，就能夠吃到好吃的食物，更重要的是，旅伴的心情也會變好。

雖然沒打算諂媚旅伴，但既然要一起旅行，有笑容相伴當然比較好。

這方擺出一副「真是拿汝沒轍」的模樣也咳了一聲，然後發出「嗯」的一聲。

旅伴立刻不停地迅速發問，一下子詢問那皮草的品質如何，一下子又詢問這皮草的品質如何。人類會以眼睛觀察，並用手觸摸來確認皮草品質，但對這方而言，只要稍微聞一下味道，就能夠立刻知道好壞。

隨著這方一一做出那皮草品質很好、這皮草品質不好的回答，看向這方的旅伴意識，慢慢從眼前轉移到記憶中的商品。

回答完最後一個問題後，旅伴連一聲道謝也沒有，便陷入了沉默。

雖然忍不住心想「真是個沒禮貌的傢伙」，但其實並不討厭旅伴認真思考的表情。這方感到疲憊地眺望著旅伴認真思考的側臉時，旅伴似乎想到了什麼而把手伸向貨台拿東西。

旅伴把塗上蠟的木板放在膝蓋上，看著刻在木板上的一大片計算結果不知嘟噥著什麼後，突然大叫說：「果然是這樣沒錯！」

人類不僅嗅覺遲鈍、聽覺遲鈍，時而還會毫不在意地大聲吼叫，一點禮貌都沒有。

雖然不僅這方，連馬兒也嚇了一跳，但旅伴依舊一副不在意的模樣，粗魯地把木板往貨台一丟，立刻拉動韁繩讓馬兒停下腳步。

「……怎麼著？」

因為耳朵還嗡嗡叫個不停，所以一邊像小貓一樣用手按住耳根，一邊詢問後，旅伴露出開朗得教人反胃的表情說：

「皮草行情果然有疏漏，這下子能夠大撈一筆了！」

旅伴準備折返回去時的表情，稚嫩得宛如連牙齒都還沒長齊的小狗。

因為一直跟隨在旅伴身邊，所以對生意構造多少有一些了解。

不過，反覆買進又賣出各種物品，再回到最初的物品後，真有可能產生利益嗎？

照旅伴所說，似乎真有可能。

「就像買大金額的物品時，如果支付一大堆小金額的貨幣會招店家嫌棄一樣，買小金額的物品時，如果拿出高額貨幣也會惹人嫌。這麼一來，採買東西時就必須配合不同物品拿出適當的貨幣。不過，有時候皮草會以皮草互換，貨幣也一樣。重點就是……」

「進行交換之際，整體來看會出現不合理的現象，是嗎？」

「沒錯。我已經計算過很多遍，也發現果然沒有錯。只要在鎮上賣出又買進，就能夠賺到兩成到三成的利潤。這生意太好賺了！」

雖然知道應該是很了不起的發現，但看見旅伴太過興奮的表現，反而讓人覺得掃興。而且，難得在尾巴掛了飾品，卻還沒聽到誇獎話語。

然而，旅伴本來就是個沒辦法同時注意兩件事情的人。恐怕沒辦法一開始就要求太多。

穿過今天早上才經過的城牆，進到了城鎮。城鎮裡依舊人潮擁擠，看見這般人潮，就會忍不住懷疑旅伴真的發現了這麼多人沒發現的事情嗎？

不過，理所當然地，任何事情都可能成功，也可能失敗。至少能夠確定的一點是，旅伴絕對沒有忘記這方遺忘許久的冒險心。

看見旅伴恨不得早一刻進行交易、急得心裡發癢的側臉，連坐在旁邊的人也不禁開心了起來。

然而，旅伴一來到馬店安頓好馬兒，立刻朝向這方說出這般話語：

「那麼，妳可不可以到酒吧等我一下？」

「咦？」

這方不禁僵住了身子。因為這方以為自己肯定會與旅伴同行，然後幫忙聞皮草味道分辨好壞，或聽聲音分辨貨幣。老實說，旅伴的舉動甚至讓人有種被捉弄的感覺。

「我必須不停往返多家商店。人潮這麼多，妳應該不想被人拉著到處跑來跑去吧？」

旅伴太狡猾了。

只要老實說帶這方一起行動很麻煩不就好了？在明顯看得出旅伴不想帶這方一起行動，又聽到「妳不想去吧？」的狀況下，除了「是啊」兩字還能夠回答什麼？

商人懂得利用真心話和體面話，讓話題順著對自己有利的方向走，而旅伴的說法正是商人才會有的表現。

旅伴經常會做出這樣的表現，只是自己沒有特別意識到而已。

「哎，是啊。」

看見旅伴臉上浮現顯得曖昧的虛假笑容，這方毫不掩飾地露出不悅表情說道，結果不知道旅伴會錯了什麼意，像對待小孩子一樣摸了摸這方的頭。

反正旅伴一定覺得這方是個怕寂寞的人，所以因為寂寞而在鬧彆扭。

為什麼這樣旅伴就會覺得自己才是握住對方韁繩的人呢？

雖然愚蠢到令人難以置信，但看見旅伴那自信滿滿的表情，又會忍不住覺得可愛，看來更加令人難以置信的應該是這方才對。

「那麼，應該不會要咱兩手空空的去唄？」

旅伴外表看起來纖瘦，但其實不然，這方抱住其結實手臂說道。

雖然旅伴露出極度厭惡的表情，但最後還是給了這方一枚美麗的銀幣。

對於這次的交易，旅伴似乎相當有信心。

「不要全部用完啊。」

儘管如此，旅伴還是不忘這麼叮嚀。

雖然很想反駁說「帶咱一起去就不需要花半毛錢」，但還是放過了旅伴。

事實上，旅伴或許真的沒有那麼多時間悠哉地帶著這方一起行動。

在城牆團團圍住的城鎮裡，似乎完全照著鐘聲決定時段。

這裡的鐘聲響了，這裡的市場就會開始營業；那裡的鐘聲響了，那裡的工匠們就會開始休息。看見這般光景，就像看見配合著太鼓聲音跳舞給大家看的小丑一樣。尤其是從旅途中停靠的旅館二樓，拿著酒杯發愣地眺望著人潮流動時，感覺特別強烈。

這麼一想，不禁覺得在寬廣大地上獨自驅使馬車，並且只相信自己的技巧和直覺，頂多只會遵從月亮和太陽運行的旅伴，在人類當中肯定屬於相當自由的一群。

自由與韌性是從同一處泉水湧出。儘管少根筋又是個爛好人，卻能夠在旅伴身上某處找到吸引人的韌性，這都是因為旅伴是一個相信自我力量的強大存在。

儘管一邊回想一路來的旅行，一邊思考各種事情，還是無法安撫被丟下的孤單心靈。

或者應該說，還是無法找到平息怒氣的藉口。

這方拿著僅僅一枚銀幣的零用錢，被迫坐在拆除所有面向道路的牆壁、呈現開放空間的酒吧角落。太陽還沒下山的時刻，不是一些怠惰旅人，就淨是一些像魚乾一樣晒得乾巴巴的傢伙會來到酒吧。儘管有這些人，酒吧裡的客人還是很少，而這方竟然落得必須坐在冷清酒吧的角落，發愣地望著街上人潮來來往往的下場。

而且，這方連換件衣服的時間都沒有，所以還是一身人類稱呼為修女的裝扮。

因為這身裝扮，時而會有人靠近這方桌位，而且每個人都會說出同一句話，然後放下零錢在桌上。

「願神庇佑……」

這些人會朝向這方行一個禮，時而還會要求握手，然後回到自己的桌位。

這方明明那麼討厭被人當成神明敬仰，現在受到這般愚蠢的敬仰方式對待，卻連生氣的氣力都沒有，真是太教人感動了。

時而抓起炒豆子吃，然後喝口酒順便吞下打哈欠而滲出的淚水。

因為考慮到那隻大笨驢旅伴萬一沒有順利做成生意，所以點了又酸又難喝的劣質葡萄酒。這葡萄酒的難喝程度足以讓人睡意全消，也足以讓人忘不了被丟下的怒氣。帶著怨恨心情用手指挖出殘留在嘴裡的葡萄渣時，熟悉的輪廓忽然印入眼簾。

那是背著大量皮草、聚精會神地向前走去的旅伴身影。

旅伴那眼神說出生意做得順利。

雖然旅伴好像沒什麼自覺，但生意做得順利時，那表情明顯看得出旅伴一直對著自己說「我很冷靜」。相反地生意失敗時，則會露出拚命對著自己說「我沒有失去冷靜」。

重點就是，旅伴內心永遠處於慌張狀態。

大概只有在睡著時，旅伴才會真正冷靜下來。

因為平常想要看見旅伴的冷靜模樣實在太難，所以這方時而會算準旅伴睡著的時間，然後一直凝視旅伴的睡臉。要是旅伴知道這事情，不知會做出什麼反應？

八成會緊張得睡不著覺吧。

不過，這樣也挺可愛的就是了。想著想著，不知不覺中葡萄酒已經見底了。

沒有交談對象時，總會不小心多喝幾口酒。

舉高空酒杯，向閒得沒事做的老闆加點了一杯。

不知道路過酒吧前方幾次後，旅伴突然從人群之中走進這方的寧靜世界來。

因為老是點難喝的淡酒來喝，只會喝得滿肚子水，所以最後點了麵包和乳酪之類的食物，而旅伴就在這時走進酒吧。不過，旅伴完全沒有要責怪這方太浪費的意思。

還露出了滿面笑容。

那笑容之燦爛，就算旅伴就這麼抱緊這方，並用臉頰磨蹭這方臉頰，也不會讓人感到吃驚。

「這種搶先所有對手一步的感覺，真是爽快極了。」

說罷，旅伴捏了一下這方的臉頰。

旅伴似乎真的很開心。

即便如此，旅伴卻沒有要多拿出一枚銀幣的意思。不過，這種態度確實非常符合旅伴的作風就是了。

「小心別掉進陷阱才好吶。」

「我會在掉進陷阱之前跳過去。」

真沒想到旅伴還好意思說出如此令人難以置信的話語，也不回想看看一路來旅途上遭遇的種種。不過，光是看見旅伴那自信滿滿的表情，就會讓人忍不住露出微笑。最後，這方還是笑著送旅伴走出酒吧。

不過，隨著旅伴路過的次數增多，背上的皮草數量也愈來愈多，從這點也能夠看出旅伴確實賺了錢。

想要賺更多錢，就必須準備更多資金。

有一次旅伴因為這樣一腳踩進陷阱裡，而決定進行這次交易前，旅伴之所以會詢問皮草的品質好壞，想必是為了判斷萬一交易無法順利進行時，最多可能必須承擔多少虧損。

這般態度慎重得令人厭煩，而旅伴會如此慎重，想必與其平時的言行舉止有關。

舉例來說，旅伴經常做出不會討人歡心，也不會惹人討厭的安全應對，就是最典型的例子。既膽小又愛算計。這副德性的旅伴如果在事到緊要關頭時，還表現出不可靠的樣子，這方就會不客氣地用後腳踹開旅伴，但無奈應該表現的時候，旅伴還是會好好表現一番，實在狡猾極了。

不過，如果旅伴平時就充滿勇氣又大膽，或許同樣是個麻煩的傢伙。

一邊想著這些事情，一邊喝光已經記不得是第幾杯的酒。因為酒杯一下子就見底，讓人不禁懷疑酒杯可能破了洞，所以把酒杯倒過來搖了搖。這時，突然看見兩隻腳出現在眼前，不禁嚇了一跳。因為喝了酒，視野似乎變得狹窄。

抬起頭一看，看見了瀏海因汗水而貼在額頭上、喜色滿面的旅伴面容。

「大賺了一筆！」

旅伴拍了一下腰部說道，腰上還綁著就快裂開來的荷包。

「不過，途中有其他傢伙發現同樣的事情而插隊進來搶生意，害我少賺了一些就是了。我在大家同歸於盡之前，趕緊收手回來。」

旅伴一屁股地坐在椅子上後，點了酒，並一鼓作氣地喝下一半送上桌的酒，然後用力嘆了口氣。

旅伴身上散發出塵埃味，看得出來四處奔波了許久。

「我很想說一起乾杯慶祝吧，但看妳好像有點醉了。」

旅伴看向這方一邊露出苦笑，一邊說道。

這方忍不住想要表現出嘔氣模樣，而拿起早已見底的酒杯送到嘴邊。

「明天再點好喝的酒，重新喝過一遍好了。今天晚上就先找家旅館……話說回來，還真是大賺了一筆呢。」

旅伴幾乎一鼓作氣地喝下剩餘的酒，然後顯得開心地說道。

旅伴應該是真的很開心吧。

看見旅伴如此開心的表情，這方當然只能陪笑。

「總之，先離開這裡吧。妳走得動嗎？」

抱著宛如等了好幾百年，才看見有人伸出手的懷念心情握住旅伴的手後，發現旅伴的手比喝醉酒的這方溫暖得多。那股溫暖會讓人頭部深處發麻，產生一種近似睡意的感覺。

儘管有損賢狼名譽，但旅伴忙著付錢的時候，也依舊表現得像個想睡而鬧脾氣的小孩子一樣賴在旅伴身上。

「喂，振作點。旅館一下子就到了。」

聽到旅伴說什麼「振作點」還是「沒事吧」之類的話語，會讓人雙腳變得更加無力。

像個幼童一樣讓旅伴牽著手，走在城鎮傍晚時刻特有的人潮熱氣之中。

噪音如洪水般湧進耳中，就算幾乎完全閉著眼睛，也能夠輕易掌握到城鎮的狀況。人類的交談聲、動物叫聲、敲打物品的聲音，還有不知拉動何物的聲音。

雖然有這麼多種聲音在四周縈繞，但惟獨旅伴的心跳聲聽得特別清楚。

不對，還是那是自己的心跳聲？

這般模糊不清的感覺舒服極了，踩著輕飄飄的腳步之中，只清楚記得旅伴牽著這方的手。

真希望這般愉快時光永遠持續下去。

腦中浮現這般想法後，不禁覺得自己愚蠢極了。就在這時——

「你說不能買這皮草是什麼意思!?」

這般怒吼聲傳進耳中後，意識忽然被拉了回來。

「不能買就是不能買。我們接到公會的通知，說皮草被當成投機取巧的交易商品。除非再接到公會通知，否則不能買皮草。」

「搞什麼啊！」

在喧鬧不已的城鎮裡，不會有人有那閒工夫去注意這般怒吼聲。

但是，旅伴直到方才還利用皮草大賺了一筆，被這樣的旅伴牽著手，就是不想注意也難。

「好險。」

旅伴看向這方露出壞心眼的笑容這麼說。

不過是偶爾順利做成生意，旅伴就立刻這副得意模樣；雖然抱著這般想法，但一方面受到共享秘密的不道德感影響，這方也不禁慶幸逃過一劫而笑了出來。

然而，目前正面臨危機的商人們似乎無法忍受事實。

「叫公會會長出來！」

商人最後這麼怒吼一句，並用力拍打商品櫃。

事態演變到這般地步，就連城鎮的居民也開始停下腳步看熱鬧。

抱著滿山相同皮草的商人表現得更是激動，但怎麼看都知道那商人在演戲。商人們想必是抱著刻意大吵大鬧一番，然後硬是要求買家買下皮草的計謀。旅伴也經常會做出這般表現，不得不說商人的放任行為實在令人驚訝。

這方甚至抱著佩服的心情眺望著吵鬧的商人們。

「走吧。」

只有自己一人順利進行完交易的旅伴，拉著這方的手打算走出去。

旅伴的表情顯得有些僵硬，或許他順利進行完交易，卻不忍心看見其他人面臨虧損。

雖然有些愚蠢，但是個溫柔體貼的雄性。

一邊這麼想著，一邊被旅伴拉著準備踏出步伐的瞬間——

「你看！這上面確實蓋了狄尼歐布魯克公會印章！這樣你還說不能買是有什麼意圖!?」

這麼說罷，商人從堆高如山的皮草中拿出一大捆皮草，並高舉在頭上。受到強勢推銷的商人露出感到困惑的表情，想必那印章應該是用來證明什麼的存在。

一路看著旅伴做生意後，會發現人類經常使用「信用」這東西。因為做生意經常必須向陌生人採買或接收各種物品，所以說什麼也需要「信用」這東西。對推銷皮草的那名商人來說，自己明明已經出示值得信用的存在，卻被對方拒絕交易，當然會想發脾氣。

望著商人心想「真是棘手」時，旅伴急忙想要拉著這方前進，但這方出力反抗，並當場停下腳步。這方會做出這般舉動，並非因為憐憫賣不出皮草的商人。

那名商人高舉在頭上的皮草束吸引了這方目光。皮草束用了一條皮繩綑綁住，而掛在皮繩上的東西十分眼熟。

那是一顆泛黑的銀色圓形物，就是掛在深褐色皮草束上，仍顯得十分醒目。

旅伴使出更大力氣拉著這方，但這方反抗地回過頭看，接著看向長袍底下的尾巴。然後，再次朝向情緒激動的商人一看，發現那顆銀色圓形物與這方撿來的東西恰巧形狀相同。

而且，商人拿在手上的是品質不太好，毛髮又乾燥的狐狸皮草。

旅伴牽著這方的手掌心慢慢滲出汗水。

這方立刻想通了在馬車上的所有互動是怎麼回事。

旅伴看見這方在尾巴綁上皮繩而開心的模樣後，並非因為那東西太襯托這方，才會顯得慌張。而是因為綁在尾巴上的那東西就等於買賣狐狸皮草時，會掛在皮草上的價格標籤。

就算再愚蠢，也沒有笨狼在自己的尾巴上掛起價格標籤，然後開心得不得了。

這麼一來，以為旅伴是因為覺得太好看而顯得慌張的這方，簡直就是個無藥可救的笨蛋。

不過，讓這方生氣的事情不止這一件。

旅伴那時的態度和現在的態度也教人生氣。

看見這方愚蠢地在自己的尾巴綁上價格標籤，卻開心不已的表現，旅伴肯定打算隱瞞真相到底。旅伴方才急著拉著這方離去，也不肯帶著這方一起在城鎮走動，還有坐在駕座上動不動就輕瞥這方的尾巴，然後露出慌張模樣，這一切肯定也是為了隱瞞真相到底。依旅伴的個性，肯定是抱著如果能夠不掀起風波，還是保持沉默才是上策的想法。現在一切真相都呈現在眼前，旅伴卻身體僵硬地看著這方什麼話也不說，從這樣的表現也明顯看得出旅伴原本的打算。

這方只知道旅伴應該沒有惡意，更沒有一絲想要取笑這方做出愚蠢表現的意思。

但是，就算是這樣，也不應該讓賢狼變成如此愚蠢的小丑。

雖然不知多少次都覺得包覆在人類嘴巴兩側的臉頰很麻煩，但此刻不禁感謝起臉頰遮住了因為憤怒而就快露出的尖牙。

不然就是應該感謝臉頰的方便性，讓這方能夠一直保持虛假表情。

「妳、妳聽我說喔？」

旅伴靠著少得可憐的智慧思考，並且好不容易擠出話語的瞬間——

這方鬆開旅伴淨是冷汗的手，然後緊緊抱住旅伴的手臂。這方學著城鎮裡的人類女孩那樣把臉貼在旅伴身上，並且緊緊貼著身子。

旅伴身體變得僵硬。旅伴肯定是回想起在森林或高山上遇到野狗攻擊的經驗。

不過，這方不是野狗。

而是約伊茲的賢狼赫蘿。

這方抬起頭，並笑容滿面地這麼說：

「好了，綁在咱手上的這個旅行商人，不知道是何等品質吶？」

「不是啊，是妳自己——」

「汝賺了很多錢，是唄？呵呵呵。不知道會喝什麼好酒來慶祝，好期待啊，嗯？」

如果要問是哪一方的錯，八成是這方的錯。

儘管如此，有些事情還是不能放過。

雖然旅伴似乎多少感覺到不合理，但在表情痛苦地凝視著這方後，還是無力地點了點頭。

這方當然不可能放過了。

城鎮裡到處都是人，而旅伴具有超越這麼多人的智慧，怎麼能夠放過讓旅伴屈服於這方任性之下的機會。

這般舉動非常愚蠢。

儘管如此，還是忍不住這麼做。

因為雖然旅伴嘆了口氣，然後無精打采地走了出去，但從其側臉看得出來並不討厭這方的任性舉動。

這方用力抱緊旅伴的手臂。

就彷彿想要告訴世人，只有這隻賢狼知道旅伴真正具有的價值以及品質。

這般舉動非常愚蠢，但或許在自己尾巴綁上價格標籤，還開心不已的這方很適合做出這般舉動。

完

牧羊女與黑騎士

序

離開城鎮爬過一座山丘後，在眼前延伸開來的景色已變得陌生。

有別於閉上眼睛也能夠自在行走的熟悉山丘和野原，這裡是通往其他國度的大地。

只要抬頭仰望天空，就會看見鳥兒在高處飛翔；只要回頭眺望，就會看見出現在遠方草原上的羊隻與牧羊人身影。

雖然沒有留下太好的回憶，但真的決定離開時，又會讓人感到落寞。

宜人的微風徐徐吹來，彷彿一邊嘆息，一邊在取笑這方似的。

輕輕嘆了口氣，然後做了一次深呼吸。

剛踏上旅途，就如此落寞寡歡，未來的旅途要怎麼走下去？

重新背好行李，並轉身重新面向前方。

道路直直向前延伸，不會迷失方向。

而且，旅途上並不孤單。

可靠的黑毛小騎士用圓滾滾的眼珠注視著這方。

這位勇敢耿直的小騎士，有時候也會非常符合騎士作風地有些嚴肅。
小騎士一直注視著這方，彷彿識破這方心中的不安。
展露笑顏以取代說出「我沒事」的話語後，小騎士站起了身子。
那模樣彷彿在說「既然這樣，只要專心前進就好了」。
向前踏出一步後，很自然地也接著踏出了第二步。
到了第三步、第四步，更是不需要特別去意識。
隨著腳步輕快地前進，四周的景色也逐漸改變。
追尋嶄新世界和嶄新生活的旅途正式展開。

一

世間是靠著命運而運作。
就算如此斷言，相信其他人也不會有太多反對意見。
敝人現在之所以能夠活在世上，完全是因為命運。
我不知道自己來到世上已過了多少歲月。

不過，至少能夠肯定地說，這段歲月並不短。

心想「自己只能夠走到這一步」而放棄掙扎已不是一、兩次的事情；心想「怎麼可能發生這種事情」而偶然獲救的經驗更是多。

另外，還有一點一定要讓大家知道。那就是我這輩子只跟隨過兩位主人。

第一任主人非常沉默寡言，且穩重如山，十分具有主人風範。也是這位主人在我出生不久後，就嚴厲訓練我，讓我練就想必一輩子有用的技能。雖然那段日子過得樸實平靜，每一天卻是那麼美好，讓人回想起來時，不禁有種揪心的感覺。當時的我還天真地以為自己會永遠過著這般充實，且毫無不滿的生活。

這般生活之所以如泡沫破裂般消失不見，其原因除了命運兩字，沒有其他字眼能夠解釋。

去到野外時，不僅會遇到狼或熊等凶猛動物，也會遇到以鐵作為武裝、比這些動物的尖牙或利爪更加可怕的人類。雖然旅途上必須有十二萬分的警覺，但因為一場突來的風雨，我們不慎在危險之地露宿。

不過，無庸置疑地，我們會露宿在那地方，還有那些傢伙會出現在那地方，都不是必然發生的事情，而是偶然。雙方那天晚上會在那地方撞見，除了是因為不可思議的命運力量發揮作用，沒有其他原因能夠解釋。

不管原因為何，那天晚上我拚命奮戰。

我盡最大努力地奮戰。

也確實毫不害臊地認為「萬夫莫敵」這句話是為了形容我而存在。

如果是因為持有這般自傲想法，才讓敵方乘隙而入，狀況或許會好一些。

那晚我們徹底處於劣勢，主人當場倒地，而我受了傷。

那場劇烈風雨之中，已分不清沾滿主人臉部的是鮮血、泥土，還是雨水。主人把相當於其性命的拐杖交付給我時的表情，此刻仍歷歷在目。

僕人除了保護主人的安全之外，也必須付出相同心力保護其名譽。

我帶著主人的拐杖逃跑。

拚了命逃跑。

恰巧落下的風雨以及黑夜，肯定站在我這一方。

忘我地不斷奔跑後，等到我察覺時，天已經亮了。

我不知道自己身上哪裡受了傷，也精疲力盡得無法再多走一步路，最後縮成一團倚在一塊大石頭底下。

前晚的風雨如一場夢般消散，太陽緩緩從地平線升起。就算到了現在，我還忘不了當時感受到的溫暖陽光。

還有，很慚愧地，在溫暖陽光照耀下，我以為自己會就這麼死去。

我是否守住了主人的名譽呢？

望著眼前想必已成為遺物的拐杖，我只能夠如此自問。

只要上了天堂，就能夠詢問主人這個問題。

抱著這僅有的慰藉，我閉上肯定沒有機會再睜開的眼簾。

所以，當有人搖動我的身體而再次睜開眼睛時，我深信自己已經來到了天堂。

然而，印入眼簾的景象實在不像來自天堂的存在。

印入眼簾的是一名臉頰凹陷、一身窮酸打扮，感覺路邊的老樹都比其裝扮來得有氣質的女孩。

這般模樣的女孩不是為了讓自己滿是凍傷的手變得暖和，而是為了叫醒我而搖動我的身體。

主人時而因為喝醉酒而變得多話時，會稱呼我為騎士。另外，主人偶爾也會告訴我身為騎士的職務何在，我也為騎士的精神而深深感動。

既然如此，我更必須創造奇蹟。

儘管自己就快不支倒地，女孩還是哭著拚命想讓我從死亡崖邊站起來。這時候如果沒有站起來，我要如何再以騎士自稱？

我吞下一切的傷口疼痛和疲累，站起身子。

當時的那份驕傲感我至今難忘。

儘管自己也瀕臨死亡邊緣，仍為我擔心的這位溫柔女孩看見我站起身子後，安心地露出笑容。

在飢餓與寒冷之中，不僅為他人擔心，還能夠展露笑顏。

正是這個瞬間，讓我願意把女孩當成新主人。

雖然不久後我與女孩一起倒臥在地，但彼此緊緊抱在一起。這肯定是命運的安排。睡了一會兒後，我因為肚子餓而醒來時，女孩會在同時張開眼睛，想必也是命運的安排。

事實上，這確實是一場命運的邂逅。

我因此有了新主人。這位新主人雖然有些不可靠，但擁有無人能比的慈悲心，其資質足以讓我願意為其效命。新主人名為諾兒菈，是個至今仍保有天真的小女孩。

為這位諾兒菈效命的在下名為艾尼克。多虧由新主人繼承的拐杖上刻了我的名字，所以免除了換名字的不便。大緣分似乎會喚來其他小緣分。

雖然彼此語言不通，但正因為如此，才能夠建立出堅固的關係。

我只是一隻狗還沒大沒小地說這種話，不知道身為人類的主人會不會生氣？

不，我想太多了，雖然主人是個了不起的主人，但我如果沒有陪在身邊，主人老是會做出一些危險的事情，所以應該不會有人說我沒大沒小吧。

為什麼我會這麼說呢？你們看！

我如果沒有陪在身邊，主人連想要安穩入睡都有困難。

雖然是個十分軟弱的主人，但相互扶持的關係也是美好的主從關係。
這麼做出判斷後，我與主人在同一張棉被底下取暖。
此刻正逢冬季。
我想，這麼做也是不得已的事情。

冬天的早晨來得很早。
這麼說當然不是指日出時間很早，而是天氣冷得睡不下去的意思。
我們在天還沒亮的時間起床，然後朝向天空大大伸懶腰。
伸完懶腰後只有主人打了噴嚏，我則是一臉嚴肅地望著主人的失態。
「鼻子好癢喔。」
或許是察覺到我的視線，主人找藉口地這麼說。
「不過……」
雖然主人一度因為害怕冬天的寒氣，而賴床地繼續緊緊抱住我窩在棉被裡，但最後下定決心讓身體袒露在寒空下。主人一邊眺望仍看得見星光閃爍的天空，一邊接續說：
「起床時沒聽見羊叫聲還真是不習慣呢。」

一點也沒錯。

對於主人的話語，我不得不表示贊同。

「雖然牧羊工作很辛苦，可是……一旦不再需要從事牧羊工作，還是會有一股落寞。」

牧羊人必須掌控無能的羊隻，讓牠們吃足夠的草並且養得肥胖，而這樣的工作十分消耗體力。如果放任羊隻不管，牠們就會迷路，而且不管罵了多少遍，牠們還是記不得路。這些羊連主人和僕人的差異都分不清楚，只會發出「咩～咩～」的叫聲，掌控牠們的工作當然不可能太輕鬆。

雖然主人與我是靠著這樣的工作維生，但如今已不再從事這個彷彿會永遠持續下去、沒有每日之分的漫長工作。對我而言，不需要再看見主人隨著日出醒來，便立刻一邊祈禱羊隻沒有逃跑，一邊數羊時的沉痛側臉，是最好不過了。

不過，不再聽見羊隻胡亂發出的「咩～咩～」叫聲，卻又覺得彆扭。

我與主人踏上兩人之旅已經過了兩個星期，差不多該甩開過去了。

儘管在心中喃喃說出這般堅強話語，但看見主人發呆的側臉後，我還是忍不住用鼻子頂住主人的側臉，然後用臉頰磨蹭。

我不想看見主人顯得軟弱的面容。

「嗯……對不起喔，我沒事。」

主人用雙手捧住我的臉，然後笑著說道。

雖說一半是抱著期待的心情，但決定不再從事牧羊人工作時，主人從象徵牧羊人的拐杖前端取下吊鐘時的表情，至今令人難忘。

我叫了一聲後，吐出白色氣息。

露出難為情笑容的主人，找回了與生俱來的堅強。

「那我們來吃飯吧。其實啊，雖然只買了一些，但我在上次停留的城鎮小奢侈了一下。」

說罷，主人急急忙忙從麻袋裡取出麵包。看見主人這般孩子氣模樣，讓人忍不住露出苦笑。

而且，不應該因為盤纏充裕了一些，就做出奢侈行為。

我抱著這般想法凝視著主人，但主人察覺到我的視線後，不知道會錯了什麼意，一副搔癢難耐的模樣笑著這麼說：

「不行喔，艾尼克。這樣很丟臉喔。」

主人的發言真是讓我太意外了。

我會搖尾巴，絕對不是為了麻袋裡的麵包，而是因為很高興看見主人恢復堅強模樣，絕對不是為了那種膚淺的事情……

「不過，你看！雪白色的麵包。」

主人把麵包撥開成兩半，讓我看麵包內層。

大地孕育出來的小麥芳香立刻撲鼻而來。
因為我以自己是一隻狗為傲，所以也就沒有反抗本能。
經過短暫用餐時間後，天色開始轉亮了。
掛在夜空上如冰塊發出寒光的星星已消失不見，每走一步路，視野便隨之開闊起來。
話雖這麼說，但氣溫並未因此突然變得暖和，呼氣仍會化為長長絲帶流向後方，大地也依舊冰冷。
「不用看管羊隻是很輕鬆沒錯，但差不多有些想念有屋頂的房子了喔。」
主人一邊杵著沒有掛起吊鐘的拐杖，一邊以其外表無法想像、強而有力的扎實腳步向前走去。
「今天或明天應該會到吧。」
主人一邊說道，一邊攤開羊皮繪製成的地圖。
儘管是工作道具，但主人看見羊隻受傷會哭泣，看見羊隻做出危險行為會生氣，與羊隻分離時又會顯得落寞，主人就像個母親一樣對待羊隻。
因為看見主人這般態度，我以為主人會忌諱使用以羊皮繪製成的地圖，卻意外發現不是這麼回事。

人類有些地方真是令人難以理解。

「不過，艾尼克，你覺得有關那城鎮的謠言怎樣？」

主人一邊望著地圖，一邊詢問我。

主人之所以沒有抬起頭而保持看地圖的姿勢，想必是因為心中有一些不安。

我是條效命於主人的狗，當然應該追隨主人選擇的旅途。

既然這樣，如果主人選擇了多少有些危險的路，就應該鼓勵主人才算盡責。

這麼做出判斷後，我從主人身上挪開視線，並看向正前方。

既然選擇了這條路，只能夠向前進。

我試圖以動作傳達這般想法。

「說得也是喔。甚至還有句話說，雇主是因為危險及勞苦才支付酬勞。」

聽到主人的話語後，我叫了一聲回應。

我家主人是遠近馳名的牧羊人，但因為某種原因而不得不結束牧羊人的工作。

值得慶幸的是，主人手邊有大筆金錢，而這筆金額足以實現主人的夢想。我家主人經常對著我說，她想成為製作服裝的裁縫師。雖然我不討厭聽到主人聊起夢想，但不喜歡看見主人聊起夢想時，表現出一副夢想永遠不可能實現的模樣。

所以，既然這夢想有可能實現，我當然會盡全力幫忙，但說實話，想要帶著滿面笑容說出這種話似乎很難。

如主人所說，想要實現夢想，必須做好可能遭遇危險的心理準備。

「聽說那城鎮有一半人口都因為得到傳染病死了。」

既然那城鎮很可怕，折返回去就好了啊。這樣的想法太膚淺了嗎？

主人有就算必須冒這樣的危險，也要去到那城鎮的重大理由。

她是在旅途中停留的城鎮，聽到有關因為發生傳染病而就快毀滅的城鎮謠言。

那城鎮因為人口減少而缺乏勞工，所以需要很多人手來重振城鎮。

聽說在這樣的城鎮，即使是像主人這樣的旅行女孩，或是沒有經驗也沒有門路的人，也能夠很容易從事工匠的工作。

不過，不可能永遠都有這種好事。

等到大家都知道城鎮不再受傳染病威脅後，想必會湧進大批求職者。

這麼一來，就只能夠把握現在這個機會。

這件事情是一個在大家都因為傳染病而不敢接近時，勇敢前往城鎮做生意的不怕死商人告訴主人的。照那名商人的說法，只要有做生意的對象，就是地獄最下層也敢去。實在太令人佩服了。

然後，根據商人親眼所見，這個聽說叫做庫斯克夫的城鎮的傳染病威力逐漸減弱，已不再需要擔心疫情。另外，商人還說這個事實早晚會在鄰近地區傳開來。

俗話說「打鐵要趁熱」，所以主人聽到商人的話語後，立刻決定出發。

不過，聽到商人話語的那天中午，主人正好在城鎮提出想要成為裁縫師的請求，卻慘遭斷然拒絕，或許也是促成主人決定出發的原因之一。

「儘管疫情已受到控制，鎮上還是死了一半的人，是不是教會的祈福也沒產生效果啊？」

主人一邊摺疊地圖，一邊靜靜地說道。

主人從事牧羊人工作的那段時間，教會老是以令人難以置信的不講理態度對待主人。

不知道是不是忌妒主人身為牧羊人的好功夫，教會那些人把主人當成了魔女看待。

雖然主人最後做出令人痛快的事情，但主人在那同時為做出這般舉動感到後悔，也是不爭的事實。儘管自己遭到迫害，主人報復後卻不會高興地哼著歌。的確，身為在這般主人底下效命者，或許應該感到驕傲才對。

但是，主人為了小小的報復舉動感到後悔，即使到了現在仍認同教會權威。看見主人這般正直過了頭的表現，讓人忍不住有些煩躁起來。

所以，我沒有回答，而是直直看向前方。

或許是猜出了我心中的想法，加上主人本來就不是善於雄辯的人，所以在這之後的旅程我們一直默默地走著。隨著日出而變得暖和後，我們的腳程斷然比一般旅人快上許多。我們的步伐順暢，並且一步一步接近主人在地圖上確認位置的城鎮。

因為我勉強算是野生動物，所以要我露宿多少遍都不成問題，但身為人類的主人就沒辦法了。明天傍晚左右似乎就能夠抵達城鎮，先不管傳染病的事情會是什麼狀況，但至少能夠暫時安心一下。

雖然主人不像開在花園裡的鮮花般脆弱，但就算是韌性再強的野花，如果一直受到冷風吹打，有時也會被折斷。

而且，主人身上的肉稍嫌少了一些。

人類不像動物那樣有毛髮包覆身體，所以主人至少應該讓身體多長一些肉。

主人現在這副模樣就算被當成營養不良的年輕雄性，也找不到藉口反駁吧。

我這麼思考的瞬間——

「艾尼克！」

聽到主人的呼喚後，不禁豎起尾巴的毛髮，但這般反應並非因為正在思考主人的事情。

像我與主人這樣建立出親密主從關係後，光是聽到呼喚名字的方式不同，就能夠做到多種意思疏通。

主人這次的叫法充滿令人懷念的感覺，讓我感到血脈賁張。

她高舉拐杖，然後發出「咻」的一聲指向前方。

「！」

我不加思索地跑了出去，那速度之快，甚至聽不到主人再次呼喚的聲音。

目的地就在拐杖所指的前方山丘上。

山丘上可看見毛髮稀疏、已變成野生的羊隻悠哉地吃著草。

我的爪子緊緊扣住大地，耳邊只聽見劃過風兒的咻咻聲響。

少根筋的羊隻這時總算發現我的存在，並且極度慌張地打算逃跑。

不過，我怎麼可能讓動作遲鈍的羊隻逃跑。

我全速向前奔跑、跳躍，並以掀起草皮的力道踹著地面，最後繞到羊隻前方大聲吼叫。

羊隻陷入極度恐慌的狀態，一直踏步踏個不停，想必已對我唯命是從。為了告知這事實，我朝向天空發出長嚎聲。

我當然知道現在這麼做不過算是一種嗜好，而實際上，從山丘下方朝向這方走來的主人也看似愉快地笑著。儘管如此，挺高胸膛、充滿男子氣概地發出長嚎聲，還是讓人覺得痛快極了。

雖然覺得嚇破膽而慌張不已的羊隻很可憐，但牠應該慶幸自己不是遇到貪心的狼。來到山丘上後，主人輕輕揮動拐杖，我也在任務解除後走近主人身邊。

主人摸摸我的腦袋誇獎我表現得很好，對我而言，這是最好的犒賞。

「對不起喔，害你嚇一跳。」

主人朝向羊隻說道。野生羊隻似乎有其矜持，發出一聲高亢叫聲後，跑了出去。在距離城鎮有一段距離的地方，會出現野生羊隻並不稀奇。而這些野生羊隻能夠存活到什麼時候，恐怕只有神明知道答案。不過，關於這點我們也一樣。

我思考著這些事情時，主人瞇起眼睛注視著逐漸跑遠的羊隻。

然後，一發現我的視線，主人立刻顯得難為情地笑笑。或許是跑著爬上山丘，主人有些臉頰泛紅地這麼說：

「雖然覺得對不起羊隻，但果然還是很愉快。」

主人也真是夠壞心眼了。

這天晚上我們決定在稍微偏離道路、位於山谷與山谷之間的窪地露宿。

或許是受到因傳染病而有一半人口死亡的城鎮謠言影響，這裡的道路狀況明明不差，卻不曾與任何人擦身而過。在這樣的狀況下，感覺上就是在道路旁露宿，也不會有問題，沒想到主人卻意外地謹慎。

明明行事如此謹慎，主人在晚餐時間餵小鳥吃麵包屑時，看見老鷹突然從天空而降並抓走小鳥，卻嚇呆地僵住身子好一會兒時間。

老鷹在視線良好之處叼走我們的食物已不是一、兩次的事情，主人卻還是學不聰明。

主人隔了一會兒回過神來時，也像平常一樣總是遷怒於我。

就算我表現得再像騎士，也拿從天上飛下來的存在沒轍。

不過，一向順從的我還是一副可憐模樣垂下耳朵和尾巴，等待主人的怒氣散去。

這般互動之後，我們在日落沒多久便早早就寢。

我們沒有生火，只是依偎著彼此取暖入睡。少了羊隻這個負擔確實比較能夠入眠，但不可避免地會變得鬆懈。雖然我一邊充滿戒心地留意四周狀況，一邊入睡，但實在很難不去享受那溫暖感覺。因為主人翻了身而害得我的臉露出棉被外時，也會毫不猶豫地慢慢鑽進被窩底下。這般表現簡直就跟被當成寵物飼養的狗沒什麼兩樣；雖然意識朦朧中這麼想著，但身體還是老實地朝向主人懷裡鑽去。

好為難啊。

身為騎士的自尊，以及主人體溫的舒適感受讓我陷入兩難，雖不確定自己有沒有低聲呻吟，但至少能夠確定我真的煩惱極了。

所以，一時之間我還以為是自己多心，才會以為四周有動靜。

當我發現不是自己多心後，立刻用力挺起耳朵，並抬起頭，但我的頭不僅埋在被窩底下，還埋在主人懷裡，所以費了好大工夫才爬了出來。

主人想必是睡迷糊了。我打算從被窩底下探出頭時，主人一邊嘟噥著夢話，一邊想要抱住我。我用力甩開主人的手臂，才好不容易探出頭來。

到了這時，我已經抱著確信。

那是爭鬥聲！

「嗯……艾尼克？」

從守護羊隻的重責之中解脫後，因為難以抗拒安眠的魅力，讓我這陣子完完全全少了氣概，但似乎不只有我這樣而已。不過，主人畢竟是主人。

主人從我的模樣察覺到氣氛不尋常後，立刻清醒過來，並只轉動視線環視四周。

「是狼嗎？」

一直以來，主人都是在經常有狼群出沒的森林附近生活。

主人沒有表現出害怕模樣，其語調甚至帶有幹勁，彷彿在說「儘管來吧」似的。

「好像……不是喔……」

主人只要把耳朵貼在地面，就能夠立刻分辨出狼的腳步聲，至於狼群數量以及方向的掌握能力，甚至不輸給身為動物的我。

主人很快就發現不是狼群出現，並挺起身子環視四周。這段時間我也靠著自己的耳力聆聽著爭鬥聲。為了讓主人知道，我一直看著相同方向。

我聽到了怒吼聲中，時而參雜了敲鐵聲。

想必是人類之間的爭鬥。

「山賊嗎？」

非常諷刺地，比起遇到身為動物的狼，人類更害怕遇到同樣是人類的攻擊對象。

主人貼近我，並在我耳邊低聲說話。

不過，從我沒有用喉嚨發出低吼聲的態度，主人似乎發現了危險並非朝向我們逼近。

主人動作俐落地收拾好行李後，緩緩站起身子。

「……」

並以拐杖發出指示。

我踏出步伐，朝向聲音傳來的方向快步跑去。

浮在半空中的月亮躲在幾處出現缺口的雲層背後，所以視線並不算好。雖然我知道自己的身體很容易與黑夜融成一片，但因為擔心主人會因此看不見我，所以頻頻回頭看。

然後，我總算站到山丘上。往遠處一望後，隨即理解了一切。

壓低身子的主人晚了一步來到山丘上。我看向主人後，發現主人睜大眼睛露出驚訝表情。

就是從遠處看，也能夠清楚知道從山丘上俯視的視線前方發生什麼事。

單獨座落在道路旁、想必是客棧的建築物側邊竄出紅火。

雖然主人的耳力沒有我好，但肯定也聽見了哀叫聲。

客棧遭到了盜賊襲擊。

「怎、怎麼辦？」

我並不意外主人會這麼嘀咕。

依主人的個性，一定會為了該不該上前救人而煩惱。

然而，從山丘上看不出對方人數，也看不出其裝備。

雖然主人屬於個性果決的人，但此刻的局面很難做出決定。

我做好熱身以隨時聽從主人的命令。

可能是偏屋的屋頂因火勢倒塌下來，一大片灰燼隨之飛起。下一秒鐘——

「啊！」

有人從火勢尚未蔓延的主屋入口處衝了出來。

因為四周黑暗一片加上煙霧瀰漫，所以看不清楚對方的臉，但從服裝看來，像是一個旅行巡禮者。

不知道是因為害怕，還是受了傷，看得出來那人腳步踩得相當不穩。

那人東倒西歪地朝向道路逃去時，另一人追著他跑出來。

追在後頭的人手上拿著長劍，無疑屬於襲擊一方的人。

兩人的腳程就像牛與馬一樣差距甚大，想必一下子就會被追上。

這時，又有一個人從入口處衝了出來。然後，趁著襲擊者回過頭看的時間，那人撲上前去。

接下來，我清楚聽見了聲音。相信主人應該也模糊聽見了聲音。

那人大叫著：「請快逃跑！」

「艾尼克！」

主人肯定有一半是條件反射地這麼呼喚。

儘管如此，我還是採取了行動。因為我是主人的僕人，也是高傲的騎士。

我遵從主人的命令以及拐杖的指示，跑了出去。

在視線前方，襲擊者甩開朝向他身體撲去的人，然後趁對方倒在地上時，刺下長劍再拔起。

想必是因為太興奮，襲擊者像喝醉酒一樣有些腳步不穩。

在這樣的狀況下，襲擊者不會是我的對手。

草地讓我能夠不發出腳步聲奔跑，馬屋還是其他什麼建築物燃燒的聲音也助了我一力。

襲擊者完全沒有發現我的存在，並慢慢朝向以爬行方式逃跑、看似巡禮者的男子走近。看似巡禮者的男子似乎死了心，雙腳無力地跪在地上，並開始對著上天禱告。

襲擊者慢慢貼近男子背後，並舉高長劍，臉上浮現像是虐待狂的笑容。

然後，襲擊者準備把舉高的長劍刺向毫無防備的對手背部那一刻，出現一個黑色物體遮擋了他的視線。
襲擊者一定這麼以為吧。
不過，我在那一刻咬住襲擊者的右手臂，長劍也朝向其他方向飛去。
我的尖牙連山羊筋肉隆起的後腳跟也咬得斷。
聽到下巴裡傳來骨頭斷裂的聲音後，我鬆開了嘴巴。
黑暗中看見了惡魔。
襲擊者的表情說出這般想法，然後一屁股跌坐在地上，我毫不留情地咬住他的右小腿。
「救命啊～～～！」
當我發現太大意時，為時已晚。
聽到呼救聲而抬起頭一看，發現客棧入口處站了另一名同樣拿著長劍的男子。
我環視四周一遍後，看見主人正朝向這方跑來。
這麼一來，想要讓事件結束，除了讓敵方全軍覆沒，沒有其他方法。
「喂！·怎麼了!?」
幸好站在入口處的男子沒有發現主人。
我立刻踹倒眼前的男子，並飛越男子，然後全速跑了出去。

視線前方出現充滿驚愕以及恐懼的表情。

男子丟開想必是裝了贓物的沉重麻袋，並架起長劍。我朝向男子齜牙咧嘴。黑夜之中，男子肯定把我看成了狼。雖然並非出自本意，但我充分利用了這點。

男子一副不鎮靜的模樣壓低身子，並且不是把長劍當成武器，而是當成盾牌頂出。我撲向男子，並咬了一下男子的臉部後，男子一下子就暈厥了過去。屋內亂成一團，地上還躺著三個人，三人的裝扮皆與方才逃出屋外的男子相同。

下一秒鐘，我發現有動靜而移動視線後，看見有人從階梯走下來。從其裝扮，我知道對方是聽到吵鬧聲而趕來的襲擊者。對方也發現我的存在，並且與我互看著。

不過，對方一看見我下巴淌著血，立刻發出慘叫聲，然後衝上原本走下來到一半的階梯。

對我來說，比起由上往下撲，當然是由下往上撲有利得多。我向前跑了三步來到階梯，接著再跑了兩步，便咬住爬階梯爬到一半的男子腿部。男子在階梯上跌倒，並發出宛如來自地獄般的慘叫聲後，精神錯亂地不停揮動雙腳，害得我不禁大意地鬆口放開男子的腳。

不過，幸好男子就這麼從階梯上跌落下去。

雖然男子的右腿以及左手臂呈現詭異的扭曲形狀，但似乎還活著。

我一副感到疲憊的模樣站在階梯上俯視男子，最後屋內終於完全安靜下來。

小屋遭火燃燒的聲音傳入耳中，而且從味道可判斷出應該不需要多久時間，火勢就會蔓延到這棟主屋。雖然現在應該擔心是不是有其他敵人躲在某處，但比起去確認有無敵人，現在更應該保護主人的安全。我衝下階梯，並準備衝出屋外時，停下了腳步。

因為我看見正好有人準備走進屋外，而那人是我第一個看見的男子。男子蓄著鬍鬚，身上裹著看似凝手凝腳的長衣，長衣的右腰部位染上了鮮血。

男子的臉色難看，但似乎不見得完全是因為傷勢。

「啊……啊……怎麼會這樣……」

看見屋內的慘狀後，男子跪在地上並低下頭。

倒在地上的三人穿著與男子類似的服裝，想必是男子的同伴。

我穿過男子身旁走出屋外後，看見主人顯得不安地抱著拐杖站著。

然後，一看見我出現，主人立刻跑向前緊緊抱住我。

「太好了！幸好你沒怎麼樣。」

自己要我來救人，還怕我會怎麼樣，但依主人的個性，應該沒辦法做出一連串的判斷吧。我一邊這麼想著，一邊看向主人後方後，發現被長劍刺傷的男子臉上蓋著白布。

「盜賊全死了嗎？」

可能是緊緊抱住我好一會兒而感到安心，主人挪開身子後，立刻這麼詢問。

因為我不會說話，所以只叫了一聲，但垂頭喪氣地跪在入口處的男子回答了主人：

「總共有三個盜賊……」

「還有一個盜賊？」

聽到主人的詢問後，男子搖了搖頭。

倒在階梯下的男子就是第三個盜賊。

真希望也讓主人看見我孤軍奮戰的英姿。

我這麼想著而抬頭仰望主人時，身旁的男子竟然喃喃說出這般話語：

「神啊，感謝您帶來最後一點幸運……」

帶來幸運的人明明是我，還有我所效命的主人。

要不是主人摸著我的脖子，說不定我會忍不住叫出來。

滿臉鬍鬚的男子說他叫做吉賽帕・歐賽斯坦。

聽說是在位於從這裡往西邊步行三星期左右的一所教會的主教。

雖然我不禁後悔自己救了對這世界沒幫助的人，但主人似乎不這麼想。儘管因為教會而吃了很多苦，主人一聽到吉賽帕的自我介紹後，立刻低頭跪下。

主人啊！太沒出息了！

「請快抬起頭來，您可是上天派來的天使。」

要是滿臉鬍鬚的吉賽帕擺出高傲姿態，我打算採取符合騎士作風的行動，但後來發現似乎不是這麼回事，所以決定暫時縮回尖牙。
年紀看起來比主人大上好幾倍的吉賽帕，向主人深深表達謝意。
「不，我……不應該謝我，而是要謝謝艾尼克。」
「喔，沒錯。您的名字叫做艾尼克啊，您真是我的救命恩人。」
吉賽帕的腰傷比想像中嚴重，雖然試著止血，但憑主人的知識似乎沒有起太大效用。或許是這樣的緣故，吉賽帕的臉色如白紙一樣慘白，但他對著我表達感謝時的真摯笑容，讓人看了非常舒服。
畢竟我也是個騎士，所以挺起胸膛露出嚴肅表情，直率地接受了吉賽帕的感謝。
「不過……神明給我們的考驗未免也太過沉重……」
除了一名青年之外，吉賽帕從教會帶來的同伴全遭到殺害。
存活下來的青年頭部也受到重創，而意識不清。
雖然主人也為青年做了應急處置，但能不能救活青年，恐怕只有神明知情。
「旅館的人都遇害了嗎？」
我以迅雷不及掩耳的速度打倒的所有盜賊，已經被主人綑起來，並且綁在圍住客棧的柵欄上。
「沒有……這裡是空屋。我們借了馬廄過夜，但那些人似乎就是專門攻擊像我們這樣的旅人。而且，唉～真是太可怕了……那些人好像是異教徒。」

「……他們戴著箭頭形狀的首飾，對嗎？」

「您發現了啊？沒錯，他們就是至今仍在東邊險峻山區，暗地裡活動的魔道師子孫。他們似乎一直等著我們入睡，然後伺機而動。失去性命的三人，是我請來當旅行護衛的傭兵。他們三人為了保護我們，機敏且勇敢地戰鬥，但無奈力量不足……」

這下子我終於搞清楚了。

倒在入口處附近的三個人當中，有兩個人雖然身穿相同服裝，但身上明顯散發出與我相同的氣味。

也就是置身於戰鬥中的氣味。

「可是，我們不能在這裡就放棄旅行。無論如何都不能放棄。」

吉賽帕以強而有力的語調說道，然後不停用力咳嗽。

我突然有種不好的預感。

雖然我震動喉嚨輕輕發出模糊不清的聲音，但似乎沒有傳進主人耳中。

主人露出痛楚表情扶住吉賽帕後，竟然這麼說：

「您的目的地是哪裡呢？」

主人，不要啊！

我從來不曾像此刻這樣，因為自己不會說人類的語言而感到煩躁。主人啊，妳不是為了實現自己的夢想，而準備前往庫斯克夫嗎？在旅途中遇上難事，而在半路不幸死亡不是常有的事情嗎？

既然這樣，把自己的目的擱在一旁，然後優先他人目的會是多麼愚蠢的行為！

雖然我順從地坐著，內心卻是發狂地一邊思考這些事情，一邊注視著主人與吉賽帕。

「咳……真是不好意思。我們的目的地是……」

如果聽了答案，就必須幫助吉賽帕。雖然我坐立難安，但嘴巴長在別人身上，總不能封住對方的嘴巴。

吉賽帕緩緩開口說：

「庫斯克夫。」

「咦？」

我的耳朵也用力挺起，把視線移向主人一看，發現主人也露出驚訝表情。

「您知道庫斯克夫這個城鎮嗎？那裡受到傳染病侵襲，既沒有神明教誨也沒有神明指引，而陷入黑暗與痛苦之中。」

「知、知道，其實我們也準備前往庫斯克夫。」

「真的嗎？」

吉賽帕露出打從心底感到訝異的表情，不久後他擺出教會人士向神明祈禱時一定會擺出的姿勢，並且閉上眼睛。我用力地左右甩動尾巴。因為連我也猜得出來吉賽帕接下來會說出什麼話。

「這正是神明的指引……雖然我要開這個口實在很痛心，但您願意答應我這個神僕的一個請求嗎？」

我先看了看吉賽帕的表情，接著再看向旁邊的主人表情。主人一副準備接下什麼重大使命的真摯模樣，凝視著吉賽帕。

就算我會說人類的語言，一定也沒辦法阻止主人。

「請儘管吩咐。」

聽到主人的回答後，吉賽帕閉上眼睛，然後再次張開眼睛說：

「可以麻煩您帶我們到庫斯克夫去嗎？」

主人用力地點了點頭，並握住吉賽帕的手。

我不禁因為主人的爛好人表現而感到有些無力，並趴下身子看向燃燒倒塌的客棧。

「原來如此，您是為了成為裁縫師而準備前往庫斯克夫……」

「是的，是一位旅行商人告訴我的。」

「這樣啊。不過，前往庫斯克夫不是必須有很大的勇氣嗎……我這麼說好像太失禮了喔。您是一位極具正義感與勇氣的人。」

吉賽帕騎在他們原本騎來的馬兒背上。

另一名失去意識的青年則躺在用來搬運行李、個頭較小的騾馬上。

至於盜賊和傭兵屍體，我們只能夠就這麼丟下他們。

「不，我也是打從心底感到害怕。雖然害怕，但畢竟是曾經以為無法實現的夢想。」

主人說話時之所以顯得靦腆，是因為說出了真心話。

「夢想啊。的確，必須有夢想支撐，才能夠勇敢面對危險。這不是什麼丟臉的事情。」

吉賽帕在馬背上露出溫柔的微笑，主人以敬仰的眼神看著吉賽帕。

主人的態度讓我有些不是滋味。

「我們會打算前往庫斯克夫，也算是為了夢想。庫斯克夫受到傳染病侵襲，神僕們全上了天堂。但是，因為受到這般謠言影響，庫斯克夫的人們沒能夠重新點燃燭光，而在黑暗之中不停顫抖。我們為了幫助他們帶來光明，所以千里迢迢地來到庫斯克夫。」

「原來是這樣啊……」

「我們離開教會時已經做好了心理準備，我們知道想要在庫斯克夫完成任務，將會遭遇重重困難。不過，萬萬沒想到會在前往庫斯克夫的途中遭遇這般事態。」

吉賽帕沒有表現出感傷模樣，而是一副有些疲憊的模樣展露笑顏，讓人心生好感。

話說回來，吉賽帕知道自己恐怕死期將近時，並沒有丟臉地求饒，也沒有失去冷靜，而是對著上天祈禱。

雖然我無法原諒教會，但吉賽帕盡忠職守的表現確實值得誇獎。

就這點來說，吉賽帕或許沒那麼壞。

「如您所見，我只是個小教會的主教，所以沒能夠拿出什麼特別的謝禮來答謝您。不過，我會盡可能地表示謝意。」

「不，不需要這麼做。」

主人慌張地說道，吉賽帕以笑臉制止了主人，然後以相當頑固的口吻這麼說：

「我差點就在異教徒的刀下送命。這時您們救了我，而且得知您們準備前往在黑暗中等待神光的人們身邊，這一切都太具象徵性了。所以，我希望至少能夠向您那位勇敢的旅伴表示謝意。」

「您是說艾尼克嗎？」

對於吉賽帕的話語，連我也感到意外。我抬起頭一看，看見吉賽帕投來別無他意的笑容，不禁有些慌張了起來。

我以為只有主人會對身為動物的我，露出這般笑臉。

「神創造了世上一切事物。既然如此，在神明面前，無論是人類還是其他生物都是平等的存在。我們應該為綠草或樹木命名，為馬兒或小鳥付出愛心，以及對於所有品格高尚又具勇氣者，應該給予同等的榮譽。」

我抬頭仰望主人，主人也低頭俯視我。

然後，我們不約而同地看向吉賽帕，這位受了傷的主教顯得有些開心地笑了笑後這麼說：

「抵達庫斯克夫後，我打算以吉賽帕・歐賽斯坦之名，並在神之榮光下，授予這位具有勇氣的神僕艾尼克，教會騎士的稱號。」

雖然我完全不知道這稱號代表了什麼，但既然能夠得到帶有騎士兩字的稱號，當然沒有理由拒絕。

這麼想著的我看向主人，發現主人似乎也驚訝得說不出話來。

「當然了，我也會向您表示謝意……」

吉賽帕一邊說話，一邊忽然察覺到什麼似的模樣看向前方。

此刻月亮正好從雲層之中露出臉來，隨之豁然開朗的視野前方出現城鎮。

那裡是目的地庫斯克夫。

看來我們根本不需要在方才那種地方露宿，吉賽帕他們也不需要在客棧過夜，只要再努力走一段距離，就能夠抵達庫斯克夫。

這真是命運的安排啊。

從吉賽帕與主人彼此不得不露出苦笑的表現，明顯看得出來並非只有我心中浮現這般想法。

庫斯克夫是一個以石牆圍繞四周一圈的大城鎮。當然了，與留賓海根的規模比起來，還是小巫見大巫。不過，如果庫斯克夫是個如此有規模的城鎮，不免讓人擔心在深夜到訪時，對方可能不願意打開城門。

不過，似乎是我太杞人憂天了。

身為主教的吉賽帕向城門另一端的看門員道出姓名後，對方慌張的不得了。

那模樣彷彿在說「上天終於派人來解救我們了」一樣。

對方的慌張模樣之誇張，會讓人不禁心想「就算是敵軍在半夜前來突擊，恐怕也沒這麼慌張吧」。城門還沒打開之前，原本就比較怕生的主人甚至還因為聽見城門後的騷動聲，而縮起身子。

由此可見，城鎮的居民們有多麼期待主教的到來，而對於在途中救了主教性命的存在，居民們肯定會極度誇張地表示歡迎。

主人的表情明顯說出她擔心受到這般待遇。

不久後，得知城裡甚至吹起號角時，主人似乎終於忍不住了。

吉賽帕為了掩飾因為受傷導致的身體不適，而坐在馬背上不停擦拭臉頰或咳嗽。主人一副戰戰兢兢的模樣向吉賽帕提出請求：

「那、那個……」

「怎麼了嗎？」

「呃……那個……我有一個請求……」

吉賽帕臉上已浮現一個引領迷途羔羊者的表情，他表情柔和地反問說：「什麼請求呢？」教會那些傢伙總是在這般柔和表情底下隱藏邪惡至極的想法，所以十分下流，但主人在這般表情的催促下這麼說：

「可以請您說我們是您帶來的隨從嗎？」

「這……」

吉賽帕驚訝地不停眨眼，但不久後緩緩點了點頭。

他的頭腦似乎不差。

城門另一端傳來急忙推開門閂的聲音，吉賽帕坐在馬背上彎腰對著主人低聲這麼說：

「看見您在神明的教誨之下有如此了不起的表現，我實在喜不自勝。因為人們往往難以同時擁有勇氣與謙虛。我答應您的請求。不過，別說是神明了，我也不會忘記對您的感謝之情。」

城門緩緩打開，熊熊燃燒的火把光線隨之流洩出來，讓人不禁感到刺眼。

吉賽帕挺起身子，主人則是像一隻露出求救眼神的羔羊看著他。

看見吉賽帕如此能言善道，我不禁覺得詭異，但看見他對著我輕輕行了一個禮後，還是忍不住搖起尾巴。

凡事都有例外。

「那麼，我就照您的請求去做。」

吉賽帕一邊露出彷彿小孩子共同享有秘密似的笑容，一邊這麼說，城門也在那同時打了開來。因為是在深夜裡到訪，所以站在城門另一端的人們只穿上衣服就跑了出來，還有很多人頭髮凌亂。急忙出來迎接主教的女孩們當中，甚至還會看見幾名女孩正拚命地用梳子梳理頭髮。

這般狀況之中，有個人穿過兩名手持長槍、應是負責看守的男子之間，朝向這方前進。比起其他人，此人的裝扮顯得特別高雅，是個會讓人以為是小毛頭的年輕小伙子。

年輕小伙子的眼睛四周發紅，明顯看得出從熟睡之中醒來不久。

儘管如此，年輕小伙子還是帥氣地把頭髮往後甩，然後高高掀起披在肩上、加上皮草縫邊的氣派外套，並以展現其尖頭鞋的腳步走著。從這般模樣多少感受得到身為族群領導的威嚴。

為了表示敬意，我雙腳併攏地坐下來，並挺直胸膛。我會這麼做，是因為看出年輕小伙子雖然做得勉強，但很努力地表現出這般舉止。

想要率領族群，就不能夠被瞧不起。
不過，其重責超乎想像的沉重。
從年輕小伙子的表現，實在看不出他是在確實做好準備之下，站上領導者的地位。
傳染病會先從年紀大的人依序下手。
「我是庫斯克夫的議會代表，名為崔里．隆．庫斯克夫．卡瑞卡。我打從心底歡迎您在神明的指引下來訪。」
很年輕的聲音。事先就知道城鎮狀況的吉賽帕，一定也與我抱著同樣的想法。吉賽帕以與我們說話時更顯禮貌的口吻打招呼：
「請原諒我直接坐在馬背上說話。為了尋求神聖燭光，受到神之祝福的庫斯克夫寄出書信到我們教會來，從書信內容中，我們知道庫斯克夫正遭受一般人無法想像的痛苦。不過，神明不會捨棄您們。雖然我自身的力量非常渺小，但神明擁有偉大的力量。請大家放心，從此時此刻開始，神光將照亮庫斯克夫。」
吉賽帕的聲音十分響亮。
所有民眾都屏息豎耳傾聽吉賽帕的一字一句，吉賽帕說完話的那一刻，現場變得一片安靜。
接著就像掀起陣陣漣漪般，一開始只是小小聲，不久後化為如怒濤般的歡聲。民眾的歡喜模樣，簡直就像被告知漫長戰爭已結束了一樣。

「主教大人長途跋涉來到這裡，真是辛苦您了。今晚請好好休息……」
擁有冗長名字的卡瑞卡一邊說道，一邊走近吉賽帕後，總算察覺到吉賽帕不對勁。
「主教大人，您的臉色……」
「我還好，請先幫他治療。」
說罷，吉賽帕指向後方。卡瑞卡似乎在這時才總算發現騾馬的存在。
卡瑞卡那甚至如少女般的面容浮現驚愕表情後，就這麼僵住。
「來人啊！快幫他治療！」
卡瑞卡大聲喊道，沉醉在歡喜氣氛中的民眾也瞬間停止吵鬧。下一秒鐘，民眾似乎明白了主教等人為何會在深夜時間來到城鎮。半夜遭到盜賊襲擊的人，好不容易逃到城門前敲門的情形並不稀奇。
我們在守護羊隻時，也曾經遇過幾個有這般遭遇的人。主教在慌慌張張衝上前的幾個人攙扶下緩緩走下馬，並冷靜地說明傷勢。
衝向騾馬的幾個人看起來像是有上過戰場的經驗。
確認傷者的傷勢後，立刻向女子們發出指示。
至於我與主人，則是多虧吉賽帕照約定說明了我們的身分，所以卡瑞卡只簡短地向我們道謝。

雖然對於實際冒險救人，並勇於奮戰的我來說，難免有些不滿，但想必吉賽帕應該不會忘記我們的恩情，更重要的是，主人確實明白我的感受。主人粗魯地摸了摸我的頭，然後一邊說：

「我們到旁邊去，不要打擾人家。」一邊朝向入口處旁邊走去。

看民眾如此激動的反應，如果主人照實說出是我們救了主教一命，肯定能夠輕易實現成為裁縫師的夢想。

雖然覺得可惜，但在那同時，主人會做出這般謙虛舉動的率直個性，也讓我不得不表示敬意。這麼想著的我抬頭仰望主人時，主人也察覺到了我的視線。

「怎麼了？」

因為我不會說話，所以當然沒有回答主人。

而且，我是效命於主人的，不是那種會刻意說出主人有多麼了不起、做出如此討人厭行為的僕人。

我從主人身上挪開視線，並注視著吉賽帕兩人被送走時，忽然感覺到頭上有東西壓住。我抬頭一看，發現是主人的手。

「你該不會是在期待他們會招待好吃的料理來感謝我們吧？」

主人的發言真是讓我太意外了。

我帶著抗議的意味輕輕叫了一聲。主人時而會這樣說出壞心眼的話語，還是在主人眼裡，我真的如此貪吃嗎？

我感到有些受傷時，主人這回用力抱緊了我。

吉賽帕兩人被送走後，城門四周不見半個人影。

也就是說，我們的存在完全被遺忘，而個性細膩的主人似乎因此感到有些落寞。

這麼想著的我準備舔近在眼前的主人臉龐時，主人一邊嘻嘻笑，一邊這麼說：

「老實說，我也有一點期待。」

主人意外地貪吃。

不過，水質太過清淨，魚兒也無法活下去，所以一個人也不能夠太過清廉，才不會被人孤立。

我舔了一下主人的臉龐，然後發出短短一聲叫聲。

二

麵糰揉入大量油脂，又是剛剛燒烤出爐的雪白色小麥麵包吃起來，簡直就跟吃著帶有味道的雲朵沒兩樣，而牛肉切片則是先汆燙過一遍，再經過燒烤的頂級品。儘管生活過得樸實，但我自認對食物頗為挑剔，而這些美食讓擁有這般自信的我也感到滿意。

如果要說有不滿意的地方，那就是份量太少了。不過，當我舔完早就吃得精光的盤子後，主人一邊笑，一邊分了一片肉給我。

「你沒吃飽吧？」

任何事情都逃不過主人的眼睛。

我抱著感謝的心情吃下肉片後，用臉磨蹭著主人的腳。

「聽說不用支付住宿費和用餐費呢。」

雖然主人不會像我一樣舔盤子，但也沒有高尚到願意放過殘留在盤中的肉汁。主人一邊撕下麵包沾肉汁，一邊帶著滿面笑容吃下麵包。

「不過，我不小心偷聽到他們在廚房說『晚餐還是準備黑麥麵包好了』。」

聽到主人以惡作劇的口吻說道，我感到疲憊地嘆了口氣，然後趴睡在地上。

「城鎮方面也很吃緊的樣子，我想這些一定是僅存的麵包。」

我只豎起一邊耳朵聆聽主人說話。

因為覺得主人此刻不可能露出開朗的表情，所以我刻意沒有抬起頭看。

於是，我舔了一下主人的腳踝以取代抬頭看的動作。

「喂！」

主人生氣地用腳尖頂了我一下。我知道主人是因為怕癢。

主人被野草割傷腳是常有的事情，但不可能保證每次都恰巧找得到水清洗傷口。找不到水的時候，只能夠靠我來舔傷口，但每次主人都不是為了忍痛，而是為了忍住笑意而漲紅著臉。像是踩到尖石頭的時候，主人甚至還曾經因為癢得難受，而忍不住踢出腳且踹中我的臉。

明明如此，主人卻喜歡光著腳撫摸我的背。

主人把最後一口麵包丟進嘴裡後，一邊抿著嘴咀嚼，一邊赤著腳撫摸我的背。

「好了。」

沉醉在享用完美食的餘韻之中好一會兒後，主人這麼發出一聲，然後從椅子上站起來。

「先去一趟教會，再去洋行好了。」

主人先把餐具疊放在一起，再穿上外套，然後遲疑了一下子，最後決定讓取下吊鐘的牧羊人拐杖就這麼立在牆上。如果是在旅途上那還好，要是在城鎮裡杵著拐杖，大多會受到冷淡目光對待。因為杵著拐杖的人不是算命師、魔術師，就是牧羊人。

雖然牧羊工作讓我感到驕傲，但一路來觀察人類世界的運作觀察了這麼長一段時間後，讓我有種死了心的感覺，覺得大家會有這般偏見也是沒辦法的事情。

關於這點，身為人類的主人更是感受深切，主人把拐杖立在牆上時的側臉顯得非常落寞，也顯得不安。

「嗯……不會有事的。」

我用鼻子頂住主人的腳後，主人忽然回過神來，並且無力地這麼說。

雖然主人從來沒有說出口，但主人想要成為裁縫師的理由之一，應該就是希望從事不會遭人在背後指指點點的工作。我不會責怪主人這般心態，甚至認為是理所當然的想法。

說到主人的談話對象，頂多只有我和羊隻，而主人會展露笑顏的對象，肯定只有我們這些動物而已。牧羊人往往會有這般傾向，而牧羊人的小孩會被謠傳是半獸人或許也是沒辦法的事情。

然後，這般風評會讓牧羊人們變得更加孤獨，不久後牧羊人們與城鎮的人們，就會互相憎恨起彼此。

主人會不會老早就討厭人類了呢？

有時候我甚至會這麼覺得。

「真的不會有事啦。來！」

主人露出笑容，然後用兩手捧住我的臉。

我知道硬是推擠臉頰做出的表情代表了什麼意思。

那是人類臉上會有的笑臉。

不過，我不是會露出這般笑臉的「人類」。

「……對不起喔。我說謊了，其實我內心非常不安。」

我不會詢問主人為什麼不安。

進入這個城鎮的前一刻，主人甚至因為不想被城鎮的人們感謝，而向吉賽帕提出請求。城鎮方面以貴賓身分為主人安排這家旅館時，主人那覺得過意不去的模樣，也讓人不忍心看下去。

主人會留下牧羊人的拐杖，就表示她要以普通旅人，而非牧羊人的身分到街上去。

主人究竟有沒有辦法表現得像個「普通人」呢？

比起任何人，相信主人自身最為不安。

「不過……」

說著，主人抬起頭，並以堅定的口吻這麼說：

「還是要往前進才行。」

強者並非指沒有弱點的人。

強者是指能夠克服自身弱處的人。

我叫了一聲後，主人也站起了身子。

暗夜裡看見的庫斯克夫街景簡直就像被捨棄的廢墟，現在再次來到街上後，發現這般印象在日出後也沒有太大改變。雖然城鎮方面為我們安排了面向主要街道的旅館，但不管是向左看，還是向右看，許多建築物都是木窗深鎖，顯得殺風景。

在路上行走的行人很少，而且每個人都像害怕發出腳步聲一樣，靜悄悄地走著。

雖然我不確定憑主人的嗅覺聞不聞得出來，但吹來的風夾雜著屍臭，定睛細看後，還會發現被清掃集中在道路角落的垃圾是骨頭。

在小巷子裡，會看見與在街上行走的城鎮居民完全相反、吃得圓滾滾的野狗趴睡在地上，並露出感到懷疑的眼神眺望著街上。野狗旁邊則會看見同樣圓滾滾的老鼠竄來竄去。關於野狗和老鼠為何會吃得如此肥胖，相信城鎮所有居民都不會將事實說出口。

或許也察覺到了這個事實，主人比在穿越會有狼群出現的森林時，更貼近我走路。

走在這般模樣的街上，時而會與顯得神采奕奕的人擦身而過，但最後都會從他們的穿著打扮看出是從外面來的商人。這些商人只要有錢賺，別說是他人的性命，就連自己的性命也不在乎。

既然商人是這樣的存在，他們即使來到呈現這般狀況的城鎮，仍表現得就像在其他城鎮一樣，也沒什麼好奇怪。

思考著這些事情時，輕微的吵鬧聲傳進耳中。

抬頭一看後，發現視線前方圍起了人牆，這些人聚集在高舉眼熟象徵物的建築物前方。那棟建築物應該是庫斯克夫的教會。

也就是說，聚集在前方的那些人可能是想要尋求平穩心靈的迷途羔羊。

看見那些人爭先恐後地拚命想要擠進建築物內，讓人不禁覺得諷刺，心想這樣還能夠尋求什麼心靈上的平穩。

「好多人喔。」

主人直率地表現出驚訝情緒。

的確，照這樣子看來，或許很難見到吉賽帕他們。

「現在去打擾人家可能不太好，還是晚點再來好了。」

相當合乎道理的判斷。

我甩了一下尾巴表示同意。

在那之後，我們沒花費太大功夫就來到第二目的地——洋行。

雖然庫斯克夫的的城鎮規模不小，但街道上空空蕩蕩，所以走起路來毫無阻礙。我們只向路人問了兩次路，時間上也一下子就找到了洋行。

雖然主人只說是洋行，但正確來說，應該是羅恩商業公會的洋行。

不只有馬兒或羊隻會組成群體，人類似乎也會這麼做。人類同鄉者之間會組成群體，然後設法讓事情朝向對彼此生意有利的方向運作，而這也是相當合乎道理的行動。

然後，這些群體在各城鎮所設立的據點，就是主人口中的洋行。

主人決定捨棄牧羊人工作時，似乎受到另一個城鎮的這家洋行照顧，也就是說，主人與這個群體之間有所聯繫。主人懷裡應該也收著用人類文字所寫的介紹信。明明如此，主人卻在建築物前方做了三次深呼吸。

發生讓主人決定捨棄牧羊人工作的騷動時，主人幾次都快要因為受挫而放棄。

我用鼻子催促主人後，她才總算敲了敲洋行的門，然後走進洋行內。

「嗯，歡迎光……」

對方之所以沒有把話說完，想必是因為主人不像會出現在這種地方的人。

從過去的經驗中，主人已經知道第一次與人見面時，面帶笑容有多麼重要。

雖然在我這個知道主人真實笑臉的僕人眼裡，主人露出的是會讓人不禁冒冷汗的虛假笑容，但似乎已足以騙過對方。

「請問有何貴事呢？」

對方以柔和的表情與口吻，一邊指著附近的椅子，一邊這麼說。

「後面那位黑毛兄弟是您的同伴嗎？」

不過，當我打算跟在主人後頭走進去時，對方說出這般話語。

「啊，是的。呃……」

「喔，不，沒事。我想起來了，您是昨天來到這裡的女孩吧？畢竟女子獨自一人旅行很危險，比起隨便找個男人當護衛，那位黑毛兄弟應該會可靠得多吧。」

留有鬍鬚的男子笑著說道，主人陪笑做出回應。

「我之所以會忍不住做確認，是因為狗在這個城鎮算是不吉利的存在。」

只要城鎮流行過傳染病，不分街道還是小巷子，到處都會看見人類的屍體。甚至還會傳出如果在半夜裡聽見喀哩喀哩的聲音而打開窗戶一看，就會發現是無數野狗在啃咬人類的屍體。這種傳言不管是我還是人類聽了，都會感到不愉快。

主人在椅子上坐了下來後，我也在主人身旁坐下。主人一邊撫摸我的頭，一邊顯得尷尬地附和男子的話語。

「那麼，您到本洋行來有什麼貴事呢？」

我心想幸好與商人溝通時，總能夠很快地切入主題。主人應該也有這般想法才對。

原先已坐上椅子的主人急忙從懷裡拿出一封信，然後走近位在櫃檯內的男子，並遞出信件。

在人類世界裡，信件似乎具有強大威力。主人能夠辭去牧羊人工作，且短時間內無須擔心生活費的問題，似乎也是靠著這紙張的威力。

「喲？這是……呃……您是從留賓海根過來的啊？從這麼遠的地方來，真是辛苦您了。」

「我受了留賓海根的葉克伯行長很多照顧。」

「這樣啊。那我也不能輸給那個鬍子老頭子才行。」

說罷，男子自己大笑了起來，跟著發現主人因為不知道如何做出回應而面帶難色。

男子刻意咳了一聲，然後坐正身子說：

「咳！歡迎來到羅恩商業公會的庫斯克夫洋行。我是阿曼・葛維格都。我願意為您的旅行提供協助，好讓庫斯克夫這個城鎮能夠成為您旅途中的美好回憶，也能夠讓羅恩商業公會之名發光。」

這些商人真的都是演技一流的演員。

主人挺直背脊禮貌地答謝，並做了自我介紹後，兩人互相握了手。

「那麼，諾兒菈小姐是想成為裁縫師，是嗎？」

「是的。我聽說這裡將來會需要人手。」

「是，確實是這樣沒錯。庫斯克夫不會因為這種程度的傳染病就失去鬥志，我們一定會成功重新站起來。」

聽到阿曼強而有力的話語，主人也毫無顧慮地露出微笑。

然而，阿曼的表情忽然蒙上一層陰影，並說出這般話語：

「不過，您現在來，或許選錯了時間。」

「……怎麼說呢？」

「您不畏懼傳染病的傳言，勇敢來到這裡，身為庫斯克夫的市民應該要心懷感激才對。只是……」

阿曼吞吐地說道，後來或許是覺得一直閉口不語也不是辦法，所以一副下定決心的模樣開口說：

「雖然傳染病的威力已經慢慢減弱，但如您所見，我們街上一片慘狀。庫斯克夫的商業受到毀滅性打擊，至今仍處於重傷狀態。別說是雇用新工匠了，甚至既有的工匠們都必須為了找工作而離開城鎮……不過，我覺得您可以先讓大家認識您。我們城鎮一定會重新站起來，到時候也確實會需要工匠。」

雖然實情與事前聽來的內容完全不同，但旅人提供的情報往往會有落差。主人仔細聆聽阿曼的每句話，並在聽完最後一句話後，用力點了點頭。

「剛剛是說裁縫師，對吧？那這樣，我幫您寫介紹信給裁縫師的公會會長。這沒什麼，小事一樁。」

阿曼說完話後，發出爽朗的笑聲，但感覺上，那笑聲顯得刻意。

不過，城鎮因為傳染病而受到毀滅性打擊後，或許光是能夠像阿曼這樣表現得開朗，就是勇敢的表現。主人不斷地表現出過意不去的態度從阿曼手中接過介紹信後，行了好幾次禮並道謝。

主人過去也必須看他人臉色謀生，所以應該有所察覺才是。

儘管身處困難之中，阿曼仍願意親切對待像我們這樣的旅人。我們抱著欽佩阿曼能夠擁有這份體貼的心情，離開了洋行。

在那之後，我們照著阿曼告訴我們的路徑步行前進了一會兒，來到目的地的建築物前方。眼前的石牆上鑲入一塊鐵板，鐵板上畫了針線，就是身為狗的我也能夠一眼看出是什麼地方。

雖然主人這次大膽地直接敲了門，但似乎總是選錯時間。

難得主人下定決心立即敲了門，門後卻好像沒有人。

「……是不是……沒人在啊？」

主人一副感到遺憾的模樣說道，但我不會每次都做出回答。

我用後腳抓了抓脖子，然後伸了一個大懶腰。

主人似乎從我的舉動看出我想回答什麼。主人無力地垂下肩膀，並嘀咕說：「沒辦法。」我則為了表示同意叫了一聲。下一秒鐘，準備轉身的主人輕輕倒抽了口氣。

發生什麼事了？

我站起身子並準備回頭看的下一刻，視線大幅度晃動，跟著站不穩腳步。

太大意了。

不知什麼人突襲了我們。

我的背部貼在地面上，被迫擺出四腳朝天的姿勢。不過，我畢竟是個騎士。我立刻收回前腳，然後扭動身軀讓前腳扣住大地。除了在天上飛的鳥類，或是一些使用野生動物無法採取的戰鬥方法來戰鬥的傢伙，沒有人能夠突襲我。

這些傢伙就是懂得使用會飛的道具的人類。而直接擊中我頭部的東西，是形狀怪異的筒狀物。

「艾尼克！」

主人發出尖銳聲音，我的身體隨之逐漸膨大。

不過，膨大的身軀之所以沒有彈出去，是因為主人的聲音並非在鼓舞我，反而是在制止我衝出去。

我腳步踩了個空，並抬起頭看。

主人啊，我確實遭到了攻擊！

「請等一下！」

然而，主人再次說出話語的對象並非我。

「我們是旅人，這隻狗是我的同伴！」

雖然主人抱住我以防我萬一失控地衝了出去，但我還是沒有停下從喉嚨深處發出低吼聲。

讓我吃了一記的人物與這方對峙著。

那年輕女子的眼神看起來，實在不覺得會是一個講得通道理的人。

「……」

年輕女子的身形高瘦，眼神如泥土沉澱後的池水般陰暗，並且從隨手綁起的紅髮縫隙間，投來動也不動的陰森視線。我之所以沒有停止發出低吼聲，是因為從女子的眼神完全看不出對方在想什麼。

然而，主人儘管忙著壓住我的身體，還是慌張地從懷裡拿出阿曼寫的介紹信。女子見狀，眼睛稍微動了一下。

「我有事情想找這裡的裁縫師公會會長……」

主人這麼說，但看不出女子到底有沒有聽進去。

女子先閉上眼睛，然後忽然別開視線走了出去。

主人似乎也掌握不到女子的真心，而加重拖住我的力道。

然而，女子只是撿起擊中我的頭部後，就這麼滾落在路上的筒狀物。在這之間，女子連看我們一眼也沒有。

然後，女子走過我們身旁，並伸手準備開門時，開口這麼說：

「妳就是『帶來燈火的少女』啊……」

女子毫不掩飾且充滿挖苦意味地從頭到腳打量過主人一遍後，接續說：

「進來吧？」

女子的眼神散發出難以形容、如泥濘般的陰森感覺。我也聞過那就像石墨融化般的黑色泥濘味道。想要站起身子的人會被這黑色泥濘絆住雙腳，想要向前走的人會被抓住小腿。

傳染病似乎不僅會奪走人命，甚至會奪走希望。

年紀尚輕的女子一邊甩動紅髮馬尾，一邊慢慢走進幽暗建築物。

女子的背影消失在建築物的黑暗之中時，我清楚聽見了這般話語：

「我就是這裡的會長。」

不知道主人聽見了沒有？

我看向就在身邊的主人後，發現主人似乎聽見了。

散發出那般陰森眼神的年輕女子竟會坐上重要職位。

在死了一半人口的城鎮，這或許是很正常的事情吧。

儘管面對這般事態，主人還是站起身子並催促我，然後走進了建築物。

建築物內因為顯得昏暗，加上女子散發出的氛圍，讓人覺得有些毛骨悚然。不過，走進屋內後發現整理得意外整齊乾淨，不禁心生佩服。屋內的家具雖然樸素，但看得出來質感還不錯，並且散發出仔細上過油的味道，貼在牆上的架子也收拾得很整齊。

我發現擊中我頭部的東西似乎是布料，這時女子也從最裡面的房間再次現身。

「……那麼，找我有什麼事？」

女子甚至不做自我介紹。主人急忙遞上阿曼寫的介紹信後，女子一副嫌麻煩的模樣搔了搔頭，跟著突然走了出去。一種有別於態度不和善，而是像在扼殺自我情感似的力量，使得女子的所有行動都顯得唐突。雖然搞半天女子只是為了讀信而打開木窗而已，但她的每一個動作就是會讓人覺得像帶著刺。

或許女子對旅人多少帶有敵意。

關於這方面，主人的觀察力比我更加敏銳。

我朝向主人一看，發現主人雙腳微微顫抖。

狼牙能夠傷害肉體，人類的敵意能夠傷害精神。

「哼……想要當裁縫師啊。」

「可、可以請您幫忙嗎？」

女子喃喃說話的同時，主人探出身子開口這麼說。

雖然我不是人類，但主人在想什麼我一清二楚。

主人最害怕的事情就是，擔心對方可能討厭她。

然後，為了扼殺這份恐懼，主人只能夠緊緊握住拳頭。

對於這般舉動，有時候人類會形容是悲壯之舉。

「……隨妳高興。」

「那就麻煩您了！我多多少少懂得分辨羊毛好壞——啊……咦？」

「我已經說了啊，隨妳高興。」

女子一副不感興趣的模樣說道，然後把信件往桌上丟。

主人似乎覺得期待落了空，而沒能夠繼續說話。

嘴巴一張一合地動了一會兒後，主人露出像小狗遭到惡作劇似的表情。

「怎樣？」

從木窗流洩進來的陽光照亮桌面，女子像個精疲力盡的老太婆一樣坐上椅子後，讓視線落在桌面上。從我的高度無法確認桌上放了什麼東西，但有個從桌子邊緣凸出來的筒狀物，想必是打到我頭部的布料。

如果是這樣，桌上或許放著整套裁縫工具也說不定。

「啊……沒有……那個……」

女子的目光讓主人垂下眼簾，並且像在找藉口似地把話含在嘴裡。

看見主人就快哭出來的模樣，我不禁心生怒氣地瞪視女子。

「怎樣？想叫我幫妳考試啊？」

女子一副冷嘲熱諷的模樣說道。

她知道主人為了什麼而困惑。

主人的纖細身軀瞬間抖了一下。主人就連聽到動物當中被認為最可怕的狼長嚎聲，都不覺得害怕的勇敢內心，卻因為女子露骨的惡意而害怕發抖。

「如果要考試，我沒問題啊。看要考布料剪裁、結線方法、針的保養方法，還是皮草的保養或染色都可以。能夠拿來考試的東西多得是。要不要我幫妳看看妳的技巧，夠不夠資格當庫斯克夫的裁縫師公會會員？由我這個身為會長的艾爾絲．威多親自考試！」

女子帶著怒氣喋喋不休地說道，並自稱是艾爾絲，而主人根本反駁不了她。主人完全被艾爾絲的氣勢壓倒，並丟臉地開始往後退。

「可是啊，這裡什麼材料都沒有。不過，有很多裂開的鈕釦、纖維脫落到就快看不見的線，或是彎曲生鏽的針就是了。這些東西根本沒辦法用來考試。那這樣，妳覺得應該怎麼做比較好？」

艾爾絲之所以露出笑容，並非因為覺得有趣。

如果不笑出來，想必其內心某種讓人無法忍受的情緒，就會一鼓作氣地宣洩出來。因為我的閱歷夠深，老早就發現艾爾絲為何會變成這個樣子。

不過，主人似乎沒發現原因。

儘管被艾爾絲的凶猛氣勢壓倒，主人還是精神可嘉地擠出勇氣做出回答。

真是的，也沒發現艾爾絲在想什麼，就衝動回答。

「如、如果是要錢，我有——」

艾爾絲臉上化為憤怒的表情，但比起以眼睛確認，我的腦袋更快理解到這個事實。

「錢？哈！妳的意思是有錢就買得到？是啊！不過，妳給我聽清楚！不管是漂亮的鈕釦、漂亮的布料、漂亮的針，還是所有一切，就算沒有錢也都能夠得到！」

艾爾絲一邊拍打桌子，一邊喋喋不休地說道。主人縮起身子面對眼前慘狀，並且只能夠啞口無言地杵在原地不動。

很遺憾地，我無法為主人解圍。因為我知道艾爾絲的心情。

艾爾絲還不肯罷休地繼續喋喋不休說：

「只要妳敢反拿聖經一邊對著神明說出詛咒話語，一邊撬開墳墓裡的棺材在屍體上翻找，就能夠到手！」

非常強烈的挖苦話語。

人類習慣把屍體埋在土裡。

然後，準備埋入土裡時大多會讓死者穿上美麗衣裳，並放入一些奢華物品。

人類會形容死亡是踏上永恆之旅，如果有無數捧著大量裝飾品的旅人，因為踏上永恆之旅而離開城鎮，城鎮恐怕就像遭到了搶劫一般。

這麼想著的我總算察覺到方才讚許房間收拾得很乾淨，根本是會錯了意。

房間並非收拾得很乾淨。

而是房間裡應該有的東西什麼都沒有。

說完話後，艾爾絲一副精疲力盡的模樣在桌前低著頭。她抬起頭一邊在臉上浮現淡淡笑容，一邊這麼接續說：

「不過，既然妳有錢，要不要就繳一下公會加盟費啊？」

艾爾絲的笑臉令人毛骨悚然。看起來甚至像是兩手握著短劍，劃開自己臉頰而浮現的笑臉。

大家可以想像一下比我們這些野生動物和藹可親得多、總會露出如小孩子般表情的人類臉上，浮現具有野生動物氣勢的表情會是什麼樣的畫面。

那表情恐怕不是正常人類所有。

我擔心主人會有危險，於是輕輕咬了一下主人的衣角。俗話說，慌不擇路。城鎮因為傳染病肆虐而陷入絕望深淵，掙扎於其中的艾爾絲可能會拉著主人的腳一起陷入深淵。

事實上，主人也是因為我拉了一下衣角，才總算回過神來。

主人回過神來時，淚水正好滴在我的臉上，那味道鹹極了。

「喂……妳有錢吧？」

主人往後退了一步、兩步後，應該是無意識下摸了摸我的頭。
在黑暗之中看見狼出現在眼前時，主人才會有這般舉動。
就算看不清四周景色、就算多麼危及性命的事態逼近，主人只要知道我在身邊，就不會感到害怕。
然而，對主人而言，此刻出現在眼前的存在比狼的尖牙更加可怕，是個露骨地表示敵意的人類。艾爾絲大幅度搖動著身子從椅子上站起來，並且散發出藏在內心的某種情緒就快化為形體爆發出來的感覺。我壓低身子，做出隨時能夠衝上前的姿勢。
現在氣氛一觸即發。
這般氣氛之中，傳來有人粗魯地敲打乾枯木門的聲音。
「艾爾絲！艾爾絲．威多！」
然後，有人呼喚艾爾絲的名字，那聲音聽似年輕男子的聲音。
如果氣勢再三被減弱，就連鳥兒也難以飛起。
艾爾絲露出像是喝到了苦水似的苦澀表情別過臉去，然後動作粗魯地坐下來，並咋舌一下。
對方繼續敲打大門，主人像被敲門聲催促著似的轉身跑向門邊。
看見儘管在這種時候，主人還是禮貌地先行了禮才轉身離開的表現，讓我不得不嘆息。
「艾爾絲！妳在裡面對吧！我幫妳代墊的採買貨款全數還──」

對方擅自打開大門後，震耳怒罵聲立即從門外直直傳入耳中。

大門打開時主人正在猶豫該不該開門，因而嚇了一跳地收回了手。

「哎呀！」

發現主人在門後時，男子睜大了眼睛，那表情顯得十分可愛。

不過，男子先看見主人，再瞥了我一眼後，立刻倒抽了口氣地杵在原地不動。

我利用這難得的時機，滑行穿過主人身邊，然後走出屋外。

打開大門的男子比主人高了一個頭，年紀還算年輕。看見我從其腳邊穿過，男子一副彷彿看見火球丟來似的模樣往後退開。

我來到路上，並悠然地回過頭看叫了一聲後，主人也總算跟了出來。

雖然男子本打算向主人搭腔，但被我瞪了一眼後，便縮起脖子，然後把視線移向屋內以掩飾其膽怯。雖不知男子是何人物，但我非常確定男子身上散發出討人厭的金屬味。主人握住門把再次回過頭看，但男子走進屋內後，立刻關上了大門。在那之後，屋內沒有傳來說話聲，也聽不見任何動靜，我與主人被迫孤伶伶地站在路上。我之所以沒有走出去，是因為主人還沒能夠完全消化這一連串的事情。

面臨突發的意外或因緣際會之下遇到無法理解的事態時，主人之所以能夠堅強地引領羊群，是因為有牧羊人的拐杖當靠山。現在這個作為靠山的拐杖被留在旅館裡。

這麼一來，主人就不是那個擁有甚至被稱為魔女的技巧高超牧羊人，而只是個普通的旅行女孩。

所以，即使看見主人眼中開始慢慢滲出淚水，我也沒有發出吼叫聲斥責主人。

取而代之地，我用頸部磨蹭主人踏出蹣跚步伐的腿部，並抬高頭確實接住主人伸來的手。

「……艾尼克，我說啊。」

主人的聲音傳來時，已過了日落時分。

「我真的很差勁吧。」

主人的生涯中，躺在床上睡覺的次數想必少得用五根指頭就數得出來。

然而，其中一次是躺在床上哭著睡著。主人的聲音變得沙啞，或許是因為睡著時，也一直在哭泣吧。

這麼想著時，主人從床上站起身子，並跨過睡在床邊的我，然後拿起水壺喝水。

「這裡因為傳染病死了一半的人呢。」

想必是銅製的水壺已經生鏽泛黑，並且到處都有像是碰撞過的凹痕，真佩服破爛成這樣的水壺竟然不會漏水。

不過，主人的爛好人程度更是令我驚訝。儘管面對那般露骨的敵意，主人仍不覺得艾爾絲是個壞人。

「……」

主人沉默不語地拿著水壺好一會兒後，我以為主人會再次躺回到床上，沒想到主人用腳底按摩著我的背部，並坐在床邊。

「我應該當不了商人。」

商人是一群把背叛、謀算、掠奪的行為視為理所當然的傢伙。雖然事到緊要關頭時，主人會勇敢劃開羊隻肚子，但商人擁有不同的勇氣。基本上，那種讓人陷入不幸遭遇以謀取利益的事情，主人根本做不來。

我用鼻子頂了一下主人的光腳丫後，主人吃了一驚地縮起難得沒有沾上塵埃的纖細腳丫子。

「死了很多人呢……但我卻只顧著為自己著想。」

主人在床上躺下後，隨即傳來衣服的摩擦聲，我知道主人在床上縮成了一團。

唉～

不過……

如果主人沒有這種凡事先責怪自己的壞毛病，人生或許會過得輕鬆一些。

「嗯……艾尼克？」

話雖這麼說，我也不能夠責怪這樣的主人。

因為主人的誠實就是來自於這般個性。

「我沒事……我沒事的，嗯……討厭，很癢耶，喂！」

我與主人像幼犬一樣上上下下地互相打鬧，大約在攻守替換了三次左右後，主人緊緊抱住我，並把臉埋進我頸部的毛髮裡。

「不可以停滯不前，對不對？」

我最喜歡看主人獨自走在原野上的側臉。

我震動喉嚨大聲叫了一聲後，主人再次用力抱緊我到讓我就快無法呼吸的程度，最後鬆開了手。

「我們去主教大人那裡看看好了。」

雖然有些哭腫的眼睛讓人看了心疼，但主人露出發自真心的笑臉。

「而且，向主教大人告解後，心情也會好一些吧。」

主人啊！

只有我的安慰不夠嗎？我捲起尾巴這麼抗議，但主人動作俐落地做著準備，根本沒有察覺到我的反應。主人一走下床，便看著我這麼說：

「喏！不要一副還想要人家陪你玩的樣子！」

我從來不曾像此刻這樣，因為自己是不會說話的生物，而想要感謝人類口中的神明！

走出旅館後，天空已是一片深紅色，如果我們還過著以前的生活，現在差不多是應該就寢的時間。

雖然主人也一邊走路，一邊輕輕打哈欠，但主人打哈欠應該是因為哭得太累而睡著的關係。不過，察覺到我的視線後，主人為了掩飾自己打哈欠而別過臉去就是了。

街上依舊是一片冷清，夕陽籠罩下使得哀愁感更加濃烈。主人應該也不喜歡黃昏，而且事實上，當冷清街上只剩下主人一人獨自走著時，主人還一直摸著我的頸部。

不過，我當然不會責怪這樣的主人。因為我也討厭黃昏。如果有人問我討厭黃昏什麼，我第一個會回答是因為那長長的影子。主人面對夕陽站在微高的山丘上時，那影子長得不像話。拉長的影子容易讓人錯看成是實際的身軀大小，然後讓我們心生無謂的恐懼。在夕陽籠罩下，就連懦弱的羊隻也會有令人害怕的長影子。

在這般人煙稀少的街上，如果只看見自己的影子拉長，就算我再勇敢，也難以揮去有些驚懼的感覺。那也就算了，有時候甚至還會感覺到小巷子裡有動靜，接著就會看見野狗從小巷子裡投來感到懷疑的目光。主人抵達教會前方後，好不容易看見城鎮居民的身影時，忍不住安心地嘆了口氣。主人的這般心情我感同身受。

「主教大人不知道好了點沒？」

我怎麼回答這問題啊？從主教昨天那模樣看來，恐怕只有神明知道他能不能夠活下來吧。人類的身體很脆弱。

我看見主人輕輕做了一下深呼吸。主人的表情之所以變得有些緊繃，想必是意志的表徵，說出她就算看見吉賽帕變得再消瘦，也不會動搖。

「咦？妳好像是……」

準備走進教會時，有人向主人搭腔。

敞開的大門裡，可看見多名體態豐腴的女子聚集在一起，不知道互相低聲交談些什麼。

根據我少有的知識，女子們捲起袖子，頭上又戴著白布，看來應該是負責照顧送來教會的兩位尊貴傷者。

的確，如果受到這些看似擁有強健體魄的人們照顧，擔心生命之火可能熄滅的懦弱情緒，也會飛到九霄雲外。

「那個，我是想來看看主教大人的情況如何……」

「喔，原來如此。主教大人已經稍微穩定下來，現在正在睡覺。主教大人傷勢那麼嚴重，直到方才還一直不斷在祈禱。」

無論是人類還是動物，只要聚集了三人以上，就會出現領導者。

現場所有人當中體格看起來最強壯的女子說完話後，其他人也跟著點點頭。

「主教大人的傷勢果然很嚴重，是嗎？」

「是啊。我們被叫起床趕到這裡來的時候，也以為傷勢沒那麼嚴重，但畢竟主教大人年紀也大了……不過，主教大人受到神明的庇佑，想必很快就會恢復健康。」

女子露出與其體格相符的豪邁笑臉，那笑臉就是痛苦至死的死人看了，也能夠安詳地睡去。不擅長應酬的主人也能夠自然地露出笑容。

「那麼，另一位……呢？」

主人之所以有些吞吐地問道，是因為另一位的傷勢看起來似乎比吉賽帕更嚴重。

「另一位先生頭部受的傷沒什麼大礙。不過，因為頭部和鼻子流了很多血，所以看起來好像很嚴重的樣子。可是，他到現在還一直沒有醒來。他氣色明明很好，感覺上隨時都可能醒來。」

從高度不算低的崖邊或沼澤掉落而暈倒的羊隻，就這麼沒有清醒過來，最後衰弱致死的例子並不稀奇。

對於女子語調略顯輕鬆的話語，主人嚴肅地點了點頭。

「我可以看看兩位探個病嗎？」

「咦？喔，那當然。雖然主教大人真的是一直忙於聖務，不過他提起過妳幾次。還有……」

女子說到一半停頓下來，然後看向我。

「也提起過這位黑騎士。」

原來是這麼回事，所以女子們看見我的時候，才沒有露出吃驚表情。

我這麼接受了事實，但不知為何，主人聽到我被稱呼為騎士後，顯得有些心神不寧。

主人啊，難道聽到我被人稱讚，妳不高興嗎!?

「艾尼克怎麼稱得上是騎士……」

「妳別客氣了。主教大人說我們城鎮能夠點燃神聖燭火，都是因為這位黑騎士付出了很大的心力。當然了，帶著騎士前來的年輕天使也是。」

「天──那個，這怎麼敢當……我哪可能是天使……」

主人難為情得連耳朵都紅了，並且低下了頭。雖然主人有過被稱呼為精靈的經驗，但那是帶有詭異可疑的意味。在那之後，主人就變得不習慣受人誇獎。

看見主人那極度難為情的表現，連我都忍不住難為情了起來。於是，我叫了一聲，並用鼻子磨蹭主人的腳。

「哈哈哈!妳看，連騎士都叫妳不要謙虛了。」

「……」

主人似乎說不出話來。不過，主人保持低著頭的姿勢看向我時，那表情看起來似乎不討厭聽到人家誇獎。

「妳可以看看主教大人兩人的睡臉再回去吧。他們兩人不愧是神職人員，睡覺時的表情都顯得莊嚴呢。」

女子一副就像在誇獎自己小孩似的模樣挺直胸膛說道，但我能夠理解女子的心情。吉賽帕兩人為庫斯克夫帶來了希望之光，更成了庫斯克夫的驕傲。城鎮的居民願意親切對待我與主人，也是因為我們把這把希望之光帶到了城鎮，除此之外沒有其他原因。

有付出當然夠資格得到謝禮，所以我們應該抬頭挺胸地接下謝禮。

不過，如果大家知道主人是牧羊人，不知道會怎樣？

但願大家別詢問我與主人的關係；我學著教會人士那樣，在內心深處這麼向神明禱告。

「來！在這邊。」

先不管我的禱告，主人與我在女子的帶路下，往教會深處走去。

我們從事牧羊工作時的雇主也是教會，所以經常有機會走進教會。不過，就算想說體面話，也難以誇獎這裡的教會蓋得氣派。

雖然這裡的教會確實採用了石造建築物，但明顯看得出沒有加以維護。放在壁龕上的燭臺布滿蜘蛛網，說出有很長一段時間未曾點燃燭光，石工最後一次觸碰牆壁進行維護想必已是好幾年前的事情。

房間的木門合葉似乎已經生鏽而腐朽脫落，就這麼立在牆上，取而代之地掛上了布簾。就算擁有再深厚的信仰，如果祭司不存在，也不會對其容身之地表現敬意。

「在這裡。」

女子與方才的表現截然不同地輕聲細語說道，並掀開布簾催促主人走進房間。我以為自己會被禁止進入房間，結果女子展露笑顏讓我通行。

我認為給這名女子的評價應該可以拉高一些。

「……只過了一天就——」

我在猜主人應該是想說「只過了一天就消瘦這麼多」。

女子也點了點頭，然後第一次露出憂心表情嘆了口氣。

昨晚似乎不是因為在一片黑暗中，才把吉賽帕看成是瘦弱體型。只要受了傷，光是這點就足以讓身體變得衰弱。更何況吉賽帕主教的年歲已高。

主人當場做出雙手合掌的動作，然後閉上眼睛開始靜靜祈禱。因為我一輩子也不會忘記教會如何慘忍對待主人，所以不禁感到彆扭，但還是決定先坐下來。至少，吉賽帕沒必要為主人的事情負責。不僅如此，因為吉賽帕直率地給了我正面評價，所以我也不否定自己希望吉賽帕能夠平安無事。

「……願神庇佑。」

主人在最後輕聲說道。看見吉賽帕以更微弱的聲音發出呼吸聲。主人用手輕輕觸碰其棉被，然後轉身看向後方的女子。人類明明擁有能夠清楚表達意識的語言，這種時候卻會以眼神做出更勝語言的交談。女子點了點頭，然後表示關心地把手搭在主人的纖細肩膀上，最後兩人一起走出房間。我也站起身子準備跟在兩人後頭時，忽然回頭看向後方。

是我多心嗎?方才好像感覺到吉賽帕投來視線。

然而，吉賽帕的年邁身軀依舊安靜地躺在床上睡覺。

我是每天在星辰底下起居，以全身肌膚感受大地氣息的牧羊犬。所以，我當然能夠大致掌握到行星與大地如何運行。我慶幸著自己不像人類擁有語言，也不像人類那般表情豐富。如果不是這樣，我不確定自己是否瞞得過主人。

不過，吉賽帕的睡臉十分安詳是無庸置疑的事情，所以其內心想必也是一樣。

這不是一件應該悲傷的事情。

我走出房間，並跟在主人後頭追去。

即使是小鳥，只要有兩隻聚集在一起，也會變得吵鬧。

比小鳥更多話的人類如果聚集在一起，那會是可怕的場面。

為吉賽帕與其存活下來的隨從魯多．朵賀夫兩人探病完後，女子們當然不可能讓主人厚著臉皮回去。

「哇啊，妳從留賓海根來的啊……對了，留賓海根在哪裡啊？」

「我聽過這地方喔。如果我記得沒錯，那地方到了晚上，神之威光就會把聖堂照得閃閃發光，對吧？」

「對啊！對啊！而且，我聽說那裡打獵到的皮革，都是拿金塊當鞣石在鞣皮呢。」

「金塊!?真不愧是留賓海根。這個留賓海根到底在哪裡啊？」

女子們就像這樣說個不停，讓人分不清是在詢問主人，還是只是幾個人自己不停繞著話題在打轉。

我躺在主人身旁悠哉地打哈欠。對我來說，女子們的交談聲就跟羊隻的叫聲沒什麼差別。

「偉大之神的都市留賓海根，其聖堂直達天際……以前尼可祭司曾經這麼說過吧？」

「有！有說過！尼可祭司說因為聖堂太高，所以禱告到一半的時候，看過好幾次天使從窗外飛過。」

「真的是這樣嗎？」

聽到話題總算丟向了主人，我瞥了主人一眼。

我看見主人臉上不是露出附和的笑容，而是浮現苦笑。

「或許有過這種事情……也說不定。」

聖堂確實具有必須抬高頭仰望的高度，但如果真可能發生這種事情，小鳥或麻雀也應該歸類為天使。

不過，如果否定了這樣的事實，女子們口中的尼可祭司就會被說成是騙子。

主人實地學會運用這樣的智慧。

就算出再多差錯，也不能夠說教會人士扯謊。

「我就知道……尼可祭司也說過希望在死前能夠再看一眼留賓海根。」

「不過，吉賽帕大人也去過好幾次留賓海根，這次也是經過那裡來到我們這兒，更重要的是，這次是曾經在留賓海根的教會服務過的諾兒菈小姐，引領吉賽帕大人來到這裡。這一定是神明聽到了尼可祭司的祈求。」

聽到這名女子的發言後，大家不約而同地用力點了點頭。

然後，大家向主人熱烈要求了已經數不清是第幾次的握手，並且不停道謝。

每聽到一聲謝謝，主人就會表現出過意不去的樣子。不過，我不確定主人是因為不習慣被人感謝，還是因為自己要小聰明地在神明所在的教會裡，說出「曾經在教會工作過」的小謊言，而感到心虛。

說到哪些人的風評最差，就屬磨粉工、牧羊人、剝皮工匠，還有那些被稱為劊子手或徵稅官的官員。如果主人此刻說出事實，只會惹來僵硬的笑容，誰也不會覺得舒服。

而且，主人說自己曾經在教會工作過並非扯謊，只是沒有說出全部事實而已。

女子們相信主人真是天上派來的使者，將吉賽帕連同希望之火帶到庫斯克夫來，也不是錯誤的想法。而且，對於幫助吉賽帕逃離窘境的主人與我，女子們也抱著滿懷感激，所以就算我們抬頭挺胸並且直率地接受別人道謝，也沒什麼不好啊……然而要主人這麼做，或許很難吧。

像我就一邊聆聽對話，一邊不客氣地吃下雖然有些快要壞掉的豬肉香腸。所謂的感謝，就是要有道謝話語加上謝禮，才算完整。

「不過……」

大家不停道謝一陣後，其中一名女子說道。

「妳原本要來這裡的目的是什麼呢？妳沒聽到關於我們城鎮的謠言嗎？」

雖然我甚至忍不住心想「總算切入了話題核心」，但或許是女子們感興趣的話題優先順序不同吧。

我們是沒有居所的遊民。比起在意其他土地或城鎮的狀況如何，我們更在意身邊有哪些人。對於一輩子在相同地點生活的人們來說，想必正好與我們相反。

「有，我有聽到謠言。」

「那這樣為什麼妳還要來？果然是因為聽到神明的指示嗎？」

話題突然被拉到了怪方向，其他女子也都變了個表情。

聽到這種問題，就連主人也慌張地否定。做了否定是好，但這麼一來，就必須說出目的。主人的目光投向了我，她肯定是想起了裁縫師公會的艾爾絲會長。如果主人在這裡說出自己是前來找工作，搞不好會被裝進布袋裡痛打一頓。

儘管有些被女子們的氣勢壓倒，但主人直到方才一直與女子們愉快交談著。

主人會懇切希望不要破壞愉快氣氛，也是不難理解的事情。

不過，很遺憾地，我沒辦法幫助主人。

我縮起尾巴，沮喪地垂下了頭。

「啊！找到了！」

一片女子說話聲之中，男子的聲音不合時宜地參雜進來。

在這瞬間，現場氣氛徹底地改變。

此刻的氣氛就像羊群聽到狼的腳步聲，而豎起毛髮時的感覺。

主人最先被男子的聲音嚇了一跳，晚了一步看向女子們的視線前方後，再次嚇了一跳。

白天在公會引起一陣騷動時，正好來訪的男子就在視線前方，而男子一邊看著主人，一邊揮著手。

「你來這裡幹什麼？你這個惡魔！」

不過，讓主人最吃驚的，應該是突然從女子們口中冒出來的這句話。

雖然十分吵鬧，但直到方才女子們都還悠哉地交談著。

看見女子們的態度劇烈改變，主人縮起脖子，並且不禁摸著我的頸部。

「你以為這裡是什麼地方!?這裡可是神明所在的教會耶！」

「喂！別那麼氣勢洶洶地罵人嘛。我也可以來教會吧？因為神明不適合出現在善人旁邊，而適合出現在罪人旁邊。」

說罷，男子揚起一邊嘴角露出諷刺的笑容。

男子的表情雖然具有攻擊性，但很難看出其矛頭指向誰。

這點似乎與我們有些相似；我這麼想著時，一名女子說出了解答：

「住嘴！你這個高利貸！」

儘管女子露骨地表現出敵意，男子也只是輕輕聳了聳肩而已。

男子甚至一副瞧不起人的模樣高舉雙手到肩膀的位置，然後把手掌心朝向女子們。

放高利貸者。

原來如此，男子與我們屬於同類。

「好啦！好啦！不過，我今天來才不是為了挖妳們那扁得可憐的荷包。」

聽到男子話語的那一刻，女子們臉上浮現難以形容的表情，讓人忍不住發笑。

女子們互相交會視線，並在口中嘟囔說：「那這樣……」

我是一隻狗，而且是一隻了解人類世界的狗。

我非常了解女子們此刻的心境。

「那、那個，您找我有什麼事嗎？」

趁著短暫的沉默降臨，主人輕輕說出話語。

雖然女子們以動作警告主人「不要跟那種傢伙說話」，但爛好人個性的主人儘管有些遲疑，還是看向了男子。

男子見狀，立刻露出燦爛如花的笑容，以輕鬆的口吻搭腔說：

「沒什麼，只是白天我剛好撞見妳們對峙的場面。後來，我從艾爾絲口中知道是怎麼回事，就在想這事情不能放著不管。」

「……到、到底是什麼事情？」

一名女子因為好奇而無法繼續保持沉默地這麼詢問。

男子的舉動就像拿著麥穗在貓兒面前晃動一樣。

他再次聳了聳肩，然後回答說：

「妳們聽好啊，這女孩是來我們這裡找工作的。」

「什麼!?」

看見所有人的視線集中過來，一陣緊張神情閃過主人臉上。

「這女孩因為想要當裁縫師，而特地來到我們這個人人都想要夾著尾巴逃跑的城鎮找工作。艾爾絲那傢伙竟然把人家罵個臭頭，還趕人家走。」

在這之後，短暫的沉默降臨，但對主人而言，肯定是一段漫長的沉默。雖然主人抓住我頸部的力道太大，但我壓住喉嚨忍著痛。此刻的緊張感就像準備踏出第一步跨上已腐朽的木橋渡河時一樣，相信大家聽到這樣的形容，應該不難想像那感覺。

在城鎮，當人們的視線集中在主人身上時，那些目光充滿畏懼、敵意，以及輕蔑。主人的拐杖是用來頂住大地，然後只要搖一次吊鐘，羊群就會聚集過來，但如果在城鎮裡使用，會變成揮打人們的道具。

魔女。異端。牧羊人。

這三個單字的意思都一樣，而主人總是低著頭。

我會不會就這樣被主人活活勒死啊？

我腦中浮現這般想法的下一秒鐘——

「歡迎來到庫斯克夫！」

一名女子握住主人的另一隻手，然後眼裡泛著淚光這麼說。主人在搞不清楚狀況之下點了點頭，然後視線不停地在空中遊走，並因為女子們的擁抱而驚訝地瞠大雙眼。雖然我也受到了類似的對待，但我冷靜地任憑大家抱來抱去。
不過，男子面帶笑容看著我們受到這般對待時，眼神裡並無笑意的表現讓人在意。
我知道放高利貸是人類極度厭惡的職業。
或許男子是在忌妒我們如此受歡迎。
「艾爾絲那傢伙雖然一副弱女子的樣子，但其實很頑固。短時間內要說服她或許很難，不過她有她的苦衷。所以，我希望妳不要離開庫斯克夫，在這裡停留一陣子。我來就是想告訴妳這件事情。」
女子們在我身上摸來摸去時，男子這麼說，而且只揚起一邊的嘴角。
「而且，妳想要成為裁縫師時，請務必通知我一聲。」
男子說出這句話時的態度，則是有禮貌地行了一個禮。
原本一直保持沉默聆聽男子說話的女子們，一齊抱住主人這麼說：
「你這個放高利貸的，到底懂不懂羞恥啊!?妳不可以求這傢伙幫忙喔！」
「沒錯，不然就會像我們一樣這麼辛苦！」
男子一直陪笑聆聽著女子們不停怒罵的話語。
他應該很習慣挨罵吧。
「我叫約安・艾傑西。雖然她們都說我是在放高利貸，但其實我是個兌換商。」

「喂！你在教會裡還敢說這麼容易被戳破的謊言。」

「我是兌換現在貨幣與未來貨幣的兌換商。」

雖然說話時臉上表情沒有變化，但這個自稱約安的男子第一次表現出霸氣。

女子們一片鴉雀無聲，並且花了好一段時間後，呆滯的眼神才重新靈活起來。

「我想說的就這些。那麼，先告辭了。」

男子在最後露出所有投身於生意界的人都會有的笑容。

雖然屋內瀰漫著如暴風雨過去般的奇妙虛脫感，但等到完全聽不見約安的腳步聲後，女子們也全復活了過來。

「不、不管怎樣，既然妳是想來我們城鎮找工作，當然是再歡迎不過了。庫斯克夫一定會重新站起來的。」

「沒錯！只要有人來，讓城鎮變得熱鬧，就是很大的幫助。」

或許是女子們的反應完全不同於與艾爾絲的互動，主人困惑了好一會兒。不過，最後知道女子們說的不是謊言，而是真心話後，主人臉上也逐漸恢復笑容。

主人此刻的表情就跟在草原上度過好一段日子後，看見久違的城鎮出現在眼前時一樣。

我抬頭仰望主人，主人也展露笑顏點了點頭。

這天晚上，我們回到了旅館。

主人一邊光著腳丫在我背上滑動，一邊這麼說：

「今天一天發生好多事情喔。」

一點也沒錯。

比起牧羊的日子刺激太多了。

三

隔天早上，我們的早餐時間過得很熱鬧。

勇敢熬過暴風雨的小騎士們聚集在房間裡，專心地聆聽主人說神話。雖然不確定，但可能是昨天在教會與主人交談的某名女子，認為主人是個非常適合照顧小孩的人才，所以老闆娘送早餐到房間來時，身後跟著好幾名小孩子。

或許是免費住宿讓主人感到虧欠，主人沒有露出一絲厭惡表情而大方邀請小孩子們進房間，並且一邊分享少量的早餐，一邊照著要求開始說起旅途上的故事及神話。

雖然主人的重情義表現讓我忍不住想要搖頭嘆息，但對於小騎士們的無禮言行舉止，我都靜靜承受，連叫一聲都沒有。雖然我都忍不住佩服起自己的寬大胸襟，但不久後，我發現小孩子們不再注意我，而開始專心聽起主人說話。

年紀最小的小孩就坐在主人腿上，並且在不知不覺中已呼呼大睡起來。主人兩邊坐著年紀稍微大一些的小孩，他們一邊抓住主人的衣袖，一邊看得入神地仰望著主人。

主人露出從來不曾有過的溫柔表情，甚至在逗弄鬧彆扭的幼兒，或聽不懂故事而開始哭泣的小孩時，主人也顯得十分開心。雖然主人很多時候光是要打理自己的事情，就必須費盡心力，但其內在似乎確實有所成長。曾經有段日子比起揮舞牧羊人的拐杖，主人更多時候反而被拐杖牽著鼻子走，身為看過主人這段成長歲月的人，感慨當然更是深。

而且，身為人類的主人果然還是被人類的小孩包圍顯得比較自然。

不過，以語言溝通的程度來說，我不覺得包圍主人的這些傢伙跟我會有多大差別就是了。

「所以，故事就有了圓滿的結局。」

喔～～主人說完故事後，突然傳出一陣近似嘆息聲的聲音。

似乎每個人都聽故事聽得十分入神。

不過，小孩子畢竟是小孩子，一個弄不好，他們可能比我還要野蠻得多。如果吃到好吃的食物，他們就是吃到肚子撐也不怕；如果是聽再多也不會肚子撐的好玩故事，更是不可能罷休。看見小孩子們吵著要求說更多故事，連主人也顯得有些困擾。

我好歹也是保護主人安全的騎士。我站起身子準備上前解救主人時，一道打嗝聲打斷了我的行動。主人原本因為不停被小孩子拉扯衣服或頭髮，而一副困擾不已的模樣，聽到打嗝聲後，主人臉上掛著問號並停下動作。

我一副彷彿在說「快來了！快來了！」似的模樣往後退。

那感覺就像天空開始湧出大朵大朵的烏雲。

如撕裂布料般、如巨雷聲般的聲音劇烈響起。

「……呱啊～～～～～～～」

聽到如此驚人的大音量，我不禁感到一陣暈眩。面對就像火苗點燃似地哭了起來的幼兒，主人除了慌張失措，還是慌張失措。

如果是羊隻的小孩，一生下來就會站立，所以不會有問題。

但是，人類的小孩就沒那麼容易搞定了。

主人拚命地想要安撫幼兒，但太過強烈的哭聲讓主人完全失去了信心。

這幼兒到底是怎麼了呢？

我擔心地這麼心想。

「哈哈！大姊姊，給我！給我！」

這些小孩子方才還像在抓小雞或小豬一樣，為所欲為地一下子抓主人的衣服，一下子抓頭髮。小孩子們一邊開懷大笑，一邊這麼說，然後忽然從主人腿上抱起幼兒。

小孩子們的體格大小根本與幼兒差不了太多。他們卻能夠巧妙地抱住幼兒，然後一邊嘻嘻笑個不停，一邊哄幼兒。

小孩子們的動作十分熟練，我一看，發現主人驚訝得瞪大眼睛。

沒多久後幼兒停止了哭泣，然後鬧彆扭地在抱住他的孩子胸前摸來摸去。抱住幼兒的孩子一副搔癢難耐的模樣一邊嘻嘻笑，一邊快步走出房間。其他孩子們也跟在兩人後頭走出房間，做出簡直就像鳥群會有的舉動。

不同於鳥類的地方是，小孩子們走出房間前，回過頭朝向主人揮了揮手。

才覺得小孩子們太吵，轉眼間就變得一片安靜，只留下一種奇妙的倦怠感。主人更是注視著敞開的窗外，發呆了好長一段時間。

主人總算回過神來時，第一個動作就是用手按住自己的胸口。

如果我是人類，肯定會笑出來。

主人低頭看著胸口，似乎在思考著什麼好一會兒後，輕輕瞥了我一眼。

主人每次露出可掬笑容時，大多沒什麼好事。

從椅子上站起來後，主人立刻走近我身邊，蹲下來這麼說：

「你在偷笑我對不對？」

小的不敢。

我別過臉去，但主人不肯放過我。

我被推倒而側臥在地上，然後就這麼四腳朝天地讓主人摸我肚子。

別看我這樣子，我也是隻驕傲的牧羊犬。

不過，就算有辦法隨意地壓制羊隻，也不可能連本能都輕易地壓制住。在這之後，主人狠狠教訓了我一頓，再次慎重地讓我知道誰才是主人。

「可是，接下來該怎麼辦好？」

主人拿借來的針修補著衣服時，靜靜地說道。

「雖然那些阿姨們很歡迎我們。」

主人用牙齒咬斷線，然後拉高修補過的部位。主人應該是在確認有沒有確實補起破洞，並檢查修補得好不好看。

主人每次稍微動一下，麥桿填充得有些不足的床鋪就會彎曲，所以躺在床上的我也會跟著晃動。

我打了一個哈欠後，主人摸了一下我的後頸部。

「也不能一直在這裡造成人家的麻煩……在城鎮穩定下來之前，要是有什麼工作可做就好了。」

照顧小孩子不是最好的工作嗎？

我這麼想著，而主人似乎也想著同一件事情。

「可是，只是幫人家照顧一下小孩，怎麼好意思收錢啊……」

畢竟主人又不是母牛，所以這是正確的判斷。不管是牛，還是羊，都要擠得出奶，才算有幫助。主人不像羊隻那樣有羊毛可剃，更沒有羊肉可吃，前途實在渺茫。

主人這麼令人擔心，果然沒有我不行。

「艾尼克？」

我這麼想著時，主人手拿著針一邊笑笑，一邊朝向我做出傾頭動作。

所謂嚇得全身僵硬，就是指我現在的反應。

我不禁捲起尾巴時，主人輕輕頂了一下我的頭。

「我覺得自己應該可以在這裡當上裁縫師……」

主人再次舉高手工縫製的外套，然後抱在胸前，並讓身體後仰地往床上倒。

看見主人的舉動後，我慢吞吞地抬起頭，並且把頭放在主人的肚子上。雖然主人表現出有些驚訝的樣子，但後來緩緩地將左手放在我的頭上。

以前主人因為肚子太餓而無法入睡時，為了壓住主人的胃部，我經常把頭放在主人的肚子上。人類似乎意外地單純，只要這麼做就能夠多少忘卻空腹的感覺。

只要能夠填飽肚子，世上就不會有紛爭。

遇到痛苦的事情時，主人經常笑著這麼說。

「嗯～～」

我聽見詭異的聲音傳進耳中，結果發現是主人用鼻子在哼歌。

那是在留賓海根的工匠街上，聽到過的裁縫師之歌。

那時候我看見男子們刻意做出滑稽打扮，女子們則是打扮得特別華麗，然後在已排放到路面上來的工作臺前方，或是在敞開的百葉窗另一端一邊工作，一邊唱歌。因為憑主人的薪水，根本請不了裁縫師做衣服，所以是在路過工匠街不知多少遍後，才好不容易只記下了旋律。主人不知道這首歌的詳細歌詞，也不知道該怎麼收尾。

像現在這樣發呆的時候，主人時而會用鼻子哼出音域不是那麼準確的歌曲。

主人只有在躺在地上望著天空時才會哼歌，我想應該是為了不讓眼淚流出來吧。

別看我這樣子，我還是擁有音樂素養，所以才會有這樣的想法。

我抬起頭一看，發現主人沒有在哭泣。

不過，很容易就能夠猜出主人的目光看向何方。

主人想必是看著氣氛愉快的工匠街。

工匠街上似乎人人都認識彼此，大家過著嚴謹中帶著祥和氣氛、樸實又正直的生活。主人看著他們的時候，那模樣就像一個小孩子羨慕地看著其他小孩子手上拿著玩具，但我不喜歡看見主人這樣的表現。

話雖這麼說，但我們一直過著片刻不得放鬆的生活。所以，就算主人偶爾表現出脆弱的一面，我也無權責怪她。我唯一只求主人不要心不在焉地拔我身上的毛，或拉扯我的皮。那也就算了，最後主人愈唱愈起勁，開始敲起我的頭打節拍。

不久後，當我成功化身為臨時打擊樂器時，發覺門後有人。

我猛然站起身子後，感到掃興的主人生氣地瞪著我。

看見主人聽見敲門聲而露出慌張表情後，我先吞下怨氣。

「哎呀，抱歉，妳在休息啊？」

早上端來餐點時，一起帶著小孩子們前來的女老闆說道。

「沒有，呃……啊，謝謝妳的針。」

主人一邊拚命用手梳理因為躺在床上而變得亂七八糟的頭髮，一邊慌張地歸還針。雖然我猜測女老闆應該不是在取笑主人的頭髮凌亂，而是因為聽見主人唱歌走音，但為了遵守身為騎士應有的禮貌，我當然不會指摘這點。

「剛剛使者來過，說主教大人有話跟妳說。」

主人停下梳理頭髮的手，然後瞥了我一眼。

「主教大人？」

「上午的日課好像已經告一段落。妳昨天不是沒能夠跟主教說話嗎？」

主人點了點頭，並急忙套上剛剛修補好的外套。

「啊！妳見到主教大人後，記得幫我請主教大人祈求我們家生意興隆喔。平常人太多了，很難直接拜託主教大人。」

從女老闆的外表就看得出來她是個厚臉皮的人。

不過，其優點是不會讓人覺得她在諷刺人。

迅速做好出門準備後，我們離開了旅館。

雖然昨天才抵達庫斯克夫，但主人就是走在街上，也完全不會害怕了。

「不知道主教大人要跟我說什麼喔？啊！比起這個，應該先道謝才是。還說我是天使……呵呵。」

主人用手指抵著下巴一邊自言自語，一邊思考。雖然獨自生活的人多會有這樣的習慣，但主人那喜孜孜的表情甚至顯得不檢點。或許昨天在教會被形容是天使，讓主人真的很開心。

而且，主人難得會沉浸在正面幻想之中，可能也是受到了庫斯克夫的影響。

雖然昨天還覺得庫斯克夫的街景實在太過冷清，但說不定那是因為拿我們忘恩負義離去的留賓海根來做比較，才會覺得冷清。過了一小段時間後，就會發現即使在像庫斯克夫這樣的城鎮，人們一樣會照常過日子，也會帶有朝氣。

在街上會看見收集碎布的人，喊著要幫人修理桶子和木箱的人。焊鍋匠與修鞋師傅的店前面，也有人在等著修理東西。雖然大家似乎依舊沒有多餘的錢做全新的東西，但明顯看得出來已經恢復到能夠補起破洞的程度。主人的視線似乎也投向城鎮如嫩芽般的堅韌一面，而非陰暗悲慘的一面。主人看似愉快地走著，前進速度也比平常來得快。

在我的記憶裡，上一次看見主人把手交叉在背後的散步模樣，是她在小巷子裡的黑暗處，學著留賓海根的城鎮女孩一副開心模樣這麼做。

雖然顯得彆扭，但主人不需要害怕某人的目光，能夠盡情歌頌人世樂趣。

我覺得這是好事。

所以，當我看見那身影時，夾雜著嘆息聲發出低吼聲。

「啊！」

就算狼隻躲在山丘另一端的森林樹蔭下，主人也能夠發現。沒多久後主人發現了那身影，並這麼輕輕發出一聲。

視線前方有一名年輕男子保持肩膀靠在大門上的姿勢，站在屋簷下與一名體態豐腴的婦人交談著。男子是那個名為約安、專門放高利貸的年輕人。

「怎麼辦好？」

主人回過頭這麼詢問我。下一秒鐘——

「嗯，喂～！」

約安先搭腔說道。

雖然我們與約安無冤無仇，但非常清楚他的職業在城鎮十分惹人厭惡。

事實上，因為約安發現主人而搭腔，婦人也露出感到可疑的視線看向主人。

不過，約安發現婦人的視線後，不知低聲向婦人說了什麼，婦人立刻露出驚訝表情，並雙手合掌地朝向這方禱告。

這時，約安一副彷佛在說「這是我的功勞」似的模樣，挺直胸膛看著這方。

我抬頭仰望主人後，看見主人一副感到疲憊的模樣面帶苦笑。

「太好了，正好遇見妳。這一定也是神明的指引。」

約安一邊叮鈴噹啷地搖晃手中的零錢，一邊走近這方。

然後，約安把零錢收進外套底下，再抓起掛在脖子上的教會徽章，輕輕吻了一下。

雖然這般裝模作樣的舉動讓主人不知應該如何反應，但我知道這是約安以他的方式在開玩笑。約安應該屬於那種為了賺錢，連教會也敢出賣的人。

「您、您好。」

「妳好，還有旁邊這位騎士你好。」

我沒做出什麼反應，只投以帶有敵意的視線。

儘管顯得有些害怕，約安還是催促主人說：「邊走邊聊吧。」然後若無其事地站到主人另一邊，讓主人擋著我。

「諾兒菈小姐……」

聽到約安這麼切入話題後，主人吃了一驚地縮起肩膀。

主人肯定是驚訝地心想：「我究竟什麼時候告訴約安名字了？」

約安攤開雙手裝出詼諧的表情，然後語調柔和地說：

「哎呀，抱歉。因為我聽到大家都在說，那些小鬼們交給妳照顧後，全都笑嘻嘻地回家。」

真是個小城鎮。

我聞了一下掉落在路邊的碎布味道後，抬起頭看。

「妳曾經在其他城鎮做過這種工作嗎？」

約安露出態度和善的笑臉問道。

他仔細打扮過自己，言行舉止也十分柔和。如果是在平常，肯定是女孩子們就算嫌東嫌西，還是會很在意的男子。

不過，主人不是每天追著蝴蝶玩耍、欣賞美麗花朵的一般女孩。

主人察覺到約安的話語背後另有其他意思，而輕輕壓低下巴。

「我開玩笑的，沒有要捉弄妳的意思喔。不過，畢竟這城鎮是我的地盤，所以我想確認一下妳是什麼樣的傢伙。」

約安迅速抓起主人的手，一副打量模樣眺望一陣後，緩緩鬆開了手。

我磨著牙齒準備隨時咬斷這個傲慢小子的腳，但主人忽然用手摸著我的頭。

這是主人要我等一下的暗號。

「妳是牧羊人吧？」

我聽見衣物摩擦的聲音傳來，那或許是主人關上心房的聲音。我抬頭一看，看見主人宛如站在草原上的石像般，面無表情地反注視著約安。那是值得信任、能夠依賴，讓人願意為其效命的表情。

然而，這般表情只適合應付動物，約安似乎也充分嗅出這般氣氛。他不懷好意地在嘴角浮現令人厭惡的笑容後，迅速從主人身上挪開視線。然後，一副任性模樣把雙手交叉在腦後，並刻意地抬高腳走了出去。

「我在猜妳可能是牧羊人，只是不敢確定。」

主人沒有回答。

即便如此，約安還是毫不在意地接續說：

「這裡的人認為是農夫在飼養羊隻。所以，只要妳自己不刻意說出來，應該就不會被發現吧。」

雖然約安以輕鬆的口吻說道，但主人的目光充滿戒心。

不過，聽到約安下一刻說出的話語，我與主人都感到意外。

「不過，如果是這樣，我就安心了。」

「……咦？」

主人一邊皺起眉頭，一邊問道。

溫暖陽光輕撫臉頰下，放高利貸的小子一副舒服模樣閉上眼睛。然後，一副沒什麼大不了的模樣回答說：

「主教大人在找妳，對吧？」

「……是的。」

「妳去了就知道。雖然我沒有被指名，但至少要知道取代我被指名的傢伙是個什麼樣的人物，我的目的就這麼簡單。」

雖然依舊掌握不到約安想說什麼，但看起來不像在捉弄主人。

不僅不像在捉弄主人，約安斜眼看了主人一眼後，以顯得意外認真的口吻補充一句說：

「我看妳不像不懂人情世故的樣子，就這點來說，妳看起來像是很堅強的女孩，所以我也安心了。不過……」

說著，約安從頭到腳地仔細看了主人一遍後，笑了一聲接續說：

「妳的身材可能太纖細了，應該多吃一點比較好。」

主人突然舉高手想要遮住胸口，但這樣反而讓對方看出自己在意的部位。看見主人滿臉通紅地低下頭，約安開懷大笑。

我是因為被主人按住頭才乖乖不動，但現在主人的手已經不在我頭上了。

我朝向自己不小心讓我鬆綁的笨蛋，齜牙咧嘴地咬住了他的腳。

主人穿過教會大門後，昨天那位婦人出來迎接，但臉上浮現有些訝異的表情。

因為主人微微低著頭，甚至輕微流著汗。

儘管感到訝異，或許婦人還是以為主人純粹是慌張趕來，所以沒特別說什麼就讓主人往裡面走去。

另外，那個傲慢小子被我咬了一口後，彷彿看見世界末日到來似的發出慘叫聲倒在地上。我當然懂得拿捏分寸，知道不能讓那小子受傷，所以我放輕力道以免撕裂其皮膚，但相對地以低吼聲盡情威脅對方，最後咬碎其衣角。約安哭喊了好一陣子說自己的腳受到重傷，不久後發現沒受傷時，他那茫然不解的表情真是妙極了。

所以，我算是頗為痛快，但主人似乎並非如此。

通往教會最裡面時，主人看見走在前頭的婦人胸部與其胸部的差異，露出我不曾見過她如此沮喪的表情垂下了頭。

不過，抵達聖堂後，主人便收起這般沒出息的模樣。

在難掩貧寒模樣的教會裡，我們來到特別醒目，且為了取代合葉已腐朽的房門，而掛上布簾的房間。

帶路的女子用手撥開布簾，並請主人走進房間。

下一秒鐘，多道目光集中而來，連我也全身毛髮倒豎。

「我帶她來了。」

為主人帶路的女子說道。

出現在房間裡的人無論是年齡或容貌，都找不到共通點。其中有身材肥胖的男子，也有年輕女子，還有就快走到人生盡頭的年邁老人。唯一的共通點就是，所有人身上皆散發出一股責任感，在人類世界裡權力經常伴隨著責任感。看來吉賽帕會把主人叫來，似乎不是為了與主人愉快聊天。

不知道是不是想起了立在旅館牆上的牧羊人拐杖，主人的手微微顫抖起來，然後一副在水中尋找空氣似的模樣尋找我，並抓住了我。

所有人朝向主人投來打量眼光，我把視線移向這些人背後。

與昨天前來探病時一樣，吉賽帕依舊躺在床上，但其身邊出現一名眼熟的人物。

那名人物露出感到懷疑、彷彿怨恨著全世界似的滯鈍眼神，其一邊嘴角顯得僵硬地微微揚起，且嘴唇缺乏血色。她的視線落在躺在床上的人物身上，手與吉賽帕的手相疊，放在安置在吉賽帕身上的聖經上。

艾爾絲動作緩慢地看向主人，感覺都快聽見像魚兒在池中游動似的聲音。

然後，她一副懶得開口說話的模樣動起嘴唇，話語也隨之溜出：

「妳是神僕諾兒菈・愛倫吧。」

艾爾絲好端端地為何突然稱呼主人為神僕？

然而，艾爾絲接著說出的話語更加沉重：

「我以吉賽帕・歐賽斯坦之名，任命妳為庫斯克夫教會的助祭司。」

我與主人完全搞不清楚是怎麼回事，但艾爾絲沒理會地說出這般話語。

看見現場沒有任何人笑出來，我才察覺到艾爾絲並非在開玩笑。

連我都這樣了，更別說是主人。直到艾爾絲搭腔說話後，主人才回過神來。

「我不是在開玩笑。」

聽到只是傳達事實的冷漠話語後，主人縮起身子。

到底發生了什麼事？

各種不同領域的人聚集在這裡，而且每個人臉上都浮現嚴肅表情。看見這般場面後，就算主人的思緒再單純，也會想到是因為「那件事」。

靜靜躺在床上的吉賽帕身影，給人極度消瘦的感覺。

然而，當我抬頭仰望主人時，另一人察覺到我的視線而開口說：

「主教大人只是睡著了而已。不過，難以預料狀況會怎樣就是了……艾爾絲，交給妳了。」

男子這麼說，然後向所有人使了眼色，大家便靜悄悄地一起走出房間。

房間裡只剩下艾爾絲、主人，以及吉賽帕本人。

吉賽帕的臉色如白紙般慘白，表情顯得有些不舒服，臉頰更是凹陷得比昨天嚴重。那模樣就像直到方才使出所有精力說話，最後終於耗盡精力而睡著了。主人忍不住想要走近吉賽帕身邊時，艾爾絲咳了一聲打斷主人。

「主教大人交代的事情由我來負責處理。」
艾爾絲以讓人無法拒絕的口吻說道。
雖然不知道是什麼事情，但至少感覺得出來事情與吉賽帕有關。
艾爾絲眉頭深鎖地看向吉賽帕，誇張地嘆了口氣。
「先坐下吧。」
接著指向被拉開到房間角落的椅子說道。
主人順從地聽她的話，一副乖巧模樣輕輕坐在椅子前端。
我也在主人腳邊坐下後，裁縫師公會的會長保持站姿在胸前交叉雙手，然後開門見山地說：
「妳在庫斯克夫不可能成為裁縫師，做好心理準備吧。」
聽見艾爾絲突然如此宣言，主人似乎連表現驚訝的情緒都忘了。
「那、那個……」
主人的反應已經超乎驚訝，變成了困惑，但艾爾絲依舊露出眉頭深鎖的表情。
我心想到底是什麼事情讓艾爾絲如此不悅，後來總算察覺到了原因。
或許艾爾絲是覺得不忍心。
「第一個原因是，這裡沒有做衣服的材料，也沒有客人想要做衣服。就算庫斯克夫重新興盛起來，也不難預料到其他城鎮避難的裁縫師們會跑回來。到時候如果看見外來者搶了自己的位置，妳說他們會怎麼想？」

艾爾絲滔滔不絕地說道，但那模樣怎麼看都像是如果不這麼做，就會說不出話來。

無論是哪種職業，看見嚮往成為與自己相同職業的人時，不會有人真的冷酷對待對方。

或許也察覺到了這點吧，主人沒有生氣，也沒有怨嘆，只是因為聽到艾爾絲這一段讓人無法反駁的話語，而純粹感到失望而已。

「這樣啊……」

主人嘀咕說道，然後忽然抬起頭。

「我明白了。」

主人在這種時候展露的笑臉，比其他時候來得自然得多。

只懂得在死心時展露自然笑臉根本不是一個健全人士會有的行為，但正因為如此，讓感到虧欠的艾爾絲更加過意不去。

艾爾絲就像看見鏡子照出自己醜陋模樣的魔女一樣，害怕得看向地板，並咬緊牙根。

雖然前幾天見到艾爾絲時留下深刻的印象，但那次或許真的是選錯了時間。

今天的艾爾絲看起來，只像個比主人更不擅長說話的女孩。

「……然、然後，在這狀況下有事相求。」

「咦？」

「躺在那裡的主教大人剛剛才交代我，說有件事情要拜託妳幫忙。」

艾爾絲平常應該是個會被形容是沉默寡言、認真又頑固的技藝高超裁縫師。

她保持微微低著頭的姿勢，然後稍微抬高視線瞪著主人說：

「我要以主教大人之名，任命妳為助祭司。」

方才也聽到了同樣的話語。

聽了兩遍後，態度多少能夠冷靜一些，但我還是搞不懂是怎麼一回事，主人似乎也跟我一樣。主人這次當然沒有顯得慌張，但露出充滿疑問的目光看向艾爾絲。

「我們城鎮很危險。」

原本別開視線的艾爾絲丟出這麼一句話後，別過臉去，跟著只轉動視線看向主人接續說：

「有個叫做雷茲爾的城鎮想要併吞庫斯克夫。」

「……併吞？」

「妳……妳來到我的工作地點時，不是看到了嗎？庫斯克夫已經沒有什麼像樣的材料。還換得了錢的完成品，已經全部便宜賣給了不要命的商人。商人敢來買東西，卻沒有半個傢伙拿什麼東西來賣，所以不管麥子還是肉類都價格高騰，大家的荷包都見底了。雷茲爾就是抓住了我們這個弱點。」

動物只要受了傷，就算是熊，也避免不了成為其他動物的食物。

撐到最後一口氣奮力搏鬥卻打輸了的話，接下來只能夠等著被人吃進肚子裡。

這般法則似乎並非只限於森林裡或草原上。

「雖然庫斯克夫現在狀況這麼差，但只要有材料，就找得到願意工作的裁縫師，也有商人願意去推銷。可是，如果沒有人在前面帶頭，就什麼辦法也沒有。雷茲爾看見我們這樣，說要借錢給我們。」

乍看下像是一艘救難船，其實是帶人下地獄的鬼船；這種事情經常發生。

只要想一想借錢給人的約安，為何會被大家討厭到那般地步，就會明白我的意思。

「不過，這樣為什麼要我來當……助祭司？」

主人抬高視線地問道。

「因為我們絕對要拒絕雷茲爾的提議啊。要是接受了那種提議，庫斯克夫就會被併吞掉。我們必須償還借來的錢，還要加上數字驚人的利息。」

主人拜訪艾爾絲的工作地點時，前來的訪客不是別人，正是約安。

城鎮裡或許已經有很多人欠了一身債。整個城鎮只有把受傷者當成食物的約安，還有野狗們吃得又肥又胖。庫斯克夫應該是處於這般狀況吧。

不過，艾爾絲並沒有回答主人的問題。

或許察覺到自己沒有回答問題，艾爾絲一副尷尬模樣搔了搔鼻子，做了一次深呼吸接續說：

「主教大人說希望由妳，以助祭司的身分來跟雷茲爾交涉。」

這女孩說話很沒重點，想必是真的不擅長說話吧。

不過，主人也好不到哪裡去，主人一次能夠承受的分量與其胸部差不多，所以艾爾絲這樣一次丟出一些話語的做法或許正好。

「要我來交涉……」

「沒錯。如果照正常做法找一個商人出來交涉，八成會輸給對方。如果談到某個城鎮不能賣東西給另一個城鎮之類的話題，絕對會起爭執。這樣不妙。沒談好的話搞不好還可能引發戰爭。不過，如果由教會出面，然後主張說不能跟你們這種沒有信仰心的人交易，狀況就不同了。不可能有人會想跟教會對抗。或許這樣就能夠避免戰爭。」

我心想「原來如此，這樣的說法確實有理」，然後看向躺在床上睡覺的吉賽帕。

現在我清楚明白為何主人會被任命為助祭司，並且是由艾爾絲負責溝通這件事情。

「所以，會請妳當助祭司，是因為……主教大人現在這個狀況，必須有人代替他做這件事。我當然也問過為什麼不要由我們城鎮的人來交涉。可是，主教大人比我們還清楚庫斯克夫的狀況。」

說罷，艾爾絲嘆了口氣。

她的模樣顯得精疲力盡。我相信絕非我多心才這麼覺得，而是她真的已經精疲力盡了。

我回想起方才一個接著一個走出房間的各種不同領域的人物，並陷入思考。

方才那些人肯定與艾爾絲一樣，是在庫斯克夫各自擔任重要職務的人物。

然後，其中一定也有與艾爾絲同樣是原本不應該在那職位上的人。

像是早就已經退休的老人，或像艾爾絲這樣過於年輕的女孩，就是最好的例子。

重點就是，在庫斯克夫已經找不到替代的人。

「而且，雷茲爾那邊應該也會猜到我們八成會拿教會當盾牌才對，所以更不能派出我們鎮上的人。要是對方說『你不是教會的人吧？』那就慘了。氣死人了，真正可恨的明明是雷茲爾那些傢伙。妳應該也聽說過吧？他們是一群野蠻的異教徒，脖子上還戴著醜陋的箭頭項鍊。」

艾爾絲一副不屑模樣說出的話語，彷彿一記拳頭打在我頭上。

在那瞬間，腦中不知道有多少記憶全串在了一起。

因為傳染病發揮可怕威力，而不再有人敢通行的道路旁，出現不知為何攻擊旅人的異教徒盜賊，而受到這些盜賊攻擊的，正是勇敢的主教一行人。

然後，庫斯克夫的人們見到我們抵達城鎮，表現出異常歡迎的態度。

一路來，庫斯克夫肯定想盡各種方法，拚命想要閃避雷茲爾提出的交易。在這樣的狀況下，終於等到吉賽帕的欣然承諾，沒想到吉賽帕卻差點丟了性命。

雖然主人對這類謀算他人的事情反應遲鈍，但似乎也察覺到是怎麼回事。

主人睜大眼睛想要說些什麼時，突然看向吉賽帕。

從艾爾絲的態度看來，吉賽帕並沒有說出是什麼人攻擊了他。

只要稍微思考一下，就會知道吉賽帕是顧慮到了什麼，才沒有說出來。

異教徒們為了自我利益而攻擊吉賽帕的事實，倘若被庫斯克夫的人們知道了，就算他們是一群受傷又疲弊的人們，也可能手拿武器站起來。因為被逼得無路可逃的老鼠，才會勇敢對抗貓。

然後，萬一引發了戰爭，庫斯克夫百分之百會打輸。

吉賽帕就是顧慮到了這件事情，才沒有說出事實。

「所以，基於必須找一個是旅人，又是一個能夠以教會人士身分表現得體的人物，才會選了妳。」

說罷，艾爾絲瞥了主人一眼。

「原來是這樣啊……」

儘管被稱為教會都市，留賓海根卻從事一些淨是比其他城鎮更傷風敗俗的事情，而主人好不容易從那裡逃了出來。才以為好不容易逃了出來，沒想到每一個城鎮似乎都做著類似的事情。

對這般事實感到失望之中，主人忽然一副察覺到了什麼似的模樣抬起頭。

可能的話，這時我真想學人類那樣用手遮住臉。

「那、那個……」

「嗯？」

「我明白妳的意思了。可是……那個，為什麼……妳會因為這樣而在說這些話之前，就要我放棄當裁縫師呢？」

主人果然還是捨棄不了當裁縫師的夢想。

雖然難得主人會這樣不肯罷休地發問，但就跟我想要用手遮住臉的心情一樣，艾爾絲也感到不忍心。艾爾絲應該不是一個真的個性那麼差勁的女孩，才會在抓不到重點下，滔滔不絕地迅速說出不願說出的話語。

艾爾絲只是笨拙了一些，其實是個善良的女孩。

「……我們會說妳是庫斯克夫的助祭司，然後負責交涉，不是嗎？」

「是的。」

「在那之後……如果妳一副什麼都沒發生過的模樣在裁縫店工作……」

艾爾絲一副彷彿在說「妳還不懂嗎？」似的模樣，顯得尷尬地抬高視線看向主人。

主人在這方面就像羊隻一樣笨到不行。

發愣了好一會兒後，主人的思緒似乎串連了起來。

「啊！」

這才總算發出簡短一聲。

「對吧？這樣會很奇怪吧？所以……」

所以，吉賽帕要求艾爾絲告訴主人這件事情。

主人因為想成為裁縫師，而不顧危險地來到庫斯克夫。

吉賽帕肯定也非常不忍心。

然而，就跟為了守護更多的羊隻，有些時候必須犧牲一隻小羊的道理一樣，此刻正面臨讓吉賽帕不得不做出這般決定的狀況。

吉賽帕應該是覺得至少應該由裁縫師的公會會長傳達這件事情，才會請來艾爾絲。

沉重的沉默氣氛橫跨兩個女孩之間。

這件事情沒有誰對誰錯。

只是命運在捉弄人。

「那、那個啊。」

艾爾絲先打破了沉默。

「昨天很抱歉。」

聽到艾爾絲突然這麼說，主人肯定也覺得不知所措。

主人無意義地不停揮手，然後好不容易才回答說：

「啊，不會，呃……我才應該要道歉，只顧著想自己的事情……」

主人一副過意不去的模樣微微低著頭，而艾爾絲看見主人這般模樣，似乎還是感到不忍心。

「約安也痛罵了我一頓……老實說，當時我有種自己受到譴責的感覺。」

「咦？」

「沒有啦，該怎麼說呢……我也不知道該怎麼說好，但妳不是因為想要成為裁縫師，才會冒死來到我們城鎮嗎？看見妳這樣，讓我覺得好刺眼。看見妳為了達到自己的目的，而冒死來到庫斯克夫，那時我總算察覺到了一件事情。我問自己到底在做什麼？在大家因為傳染病而一個接著一個死去之中，我只知道哭喊個不停……」

雖然有些笨拙，但正因為如此，所以能夠清楚感受到艾爾絲是打從心底說出來這些話。

看見這樣的艾爾絲，會讓人覺得她也是個心地善良的普通女孩。

艾爾絲之所以會露出感到可疑的眼神，或許純粹是因為太過憂心使然。

「所以，那個，我也覺得自己不能夠繼續這樣下去。」

艾爾絲深深吸了口氣後，抬起頭並伸直背脊。

然後，艾爾絲直直看向主人，其臉上浮現非常符合裁縫師公會會長這個職位、顯得氣勢非凡的表情。

「所以，我想再次鄭重拜託妳。我非常清楚這樣會粉碎妳的夢想，但請妳當助祭司，這次就好，不需要一直當下去。妳願意幫庫斯克夫解救危機嗎？」

艾爾絲用右手按住自己的胸口後，雙腳整齊地併攏在一起。

然後，向主人行禮。

在留賓海根，當城鎮商人奉承教會人士時會看見他們擺出這種姿勢。

艾爾絲的姿勢充滿了敬意，讓我甚至不禁感動地心想「原來這種動作是用在這種時候啊」。

另一方的主人會有什麼反應呢？

我帶著有些擔心的心情仰望就在身旁的主人，但下一秒鐘，立刻自我反省了起來。主人是個了不起的人物。

儘管以為就快實現的夢想在這一刻從手中溜走，主人依舊伸直背脊，但臉上浮現表情柔和的笑容。

「我想這也是神明的指引。」

「呃，那妳是答應囉？」

「是的，如果我幫得上忙。」

在這世上，爛好人一個只會吃虧而已。

不過，我一點也不想效命於只對自我利益敏感的主人。

不知道是因為感動，還是安心，艾爾絲眼角滲出淚水，並要求與主人握手。主人一直保持著笑容面對這般模樣的艾爾絲。

主人那彷彿幫助他人能帶給她無上喜悅似的模樣，簡直就跟真正的聖女沒什麼兩樣。

雖然我只是一隻狗，卻因為主人這般崇高模樣而深深感動時，主人一邊輕輕抱住抽噎不停的艾爾絲，一邊忽然朝向我露出苦笑。

我又忍不住答應人家了。

主人的表情這麼說著。

我大大地甩動尾巴。因為我最喜歡這樣的主人。

知易行難。

非常理所當然地，知易行難當然包含了「成為助祭司」這件事情。

不知道主人有沒有想過這樣的事實？

主人到了很晚的時間，才總算回到旅館。燭光照亮下，我差點以為主人變成了晒乾的鯡魚。

「……嗚……好累喔。」

留下這句話後，主人不管我悠哉地躺在床上，就直接往床鋪倒下。

雖然我在千鈞一髮之際逃過了直擊，但主人疲累時，個性就會變差。

如果覺得這樣的形容不好，也可以說主人會變得像幼兒一樣。

反正呢，我束手無策地被主人伸長的雙手抓了個正著。

「艾尼克，我好累喔……」

主人用著甚至會讓人以為她想要剝下我的皮去鞣製似的力道，粗魯地揉著我的頭，然後緊緊抱住我，根本不管我怎麼想。

老實說，我都快沒辦法呼吸了。不過，主人把臉埋進我脖子上的蓬鬆毛髮時，一股墨水味道撲鼻而來。

雖然主人以「在留賓海根是在教會負責雜務」的說法掩飾了身分，但主人只知道一些形式化的禱告詞。主人老實地說出這點後，艾爾絲以及負責看護吉賽帕兩人的女子們互看彼此，然後點了點頭。

關於在那之後的發展，我只知道片斷而已。

城鎮的工匠或商人公會似乎各自有其敬仰的聖人，而日常的祈禱儀式是由各公會自己進行，並由公會會長取代祭司的職務。

因為這樣的緣故，在吉賽帕醒來之前先請來這些公會會長，然後說一些有的沒的，嚴厲教育過主人一遍如何說禱告詞，以及儀式的進行方式。

還有一點，那就是主人的識字能力。

主人雖然識字，但不太會寫字。我當然看不懂文字什麼的，所以不能說什麼大話，但主人寫的字就是要拍她馬屁，也難以誇獎字體好看。看見主人試寫的字後，前來加油打氣的羅恩商業公會的阿曼行長也忍不住露出苦笑。

雖然主人時而會利用牧羊人的拐杖前端在地面上練習寫字，但練習的程度似乎相當不足。真的很遺憾，其實主人畫羊隻或狗畫得很好呢。

為了能夠成為臨時的助祭司，主人就在聖堂徹底接受文字、禱告動作之類的嚴格教育。

雖然我一直陪伴在主人身邊，但途中因為看見我在旁邊，主人就會忍不住求助於我而分心，老早就被趕了出來。說到主人當時的表情，實在沒出息極了。雖然丟下主人一人讓我感到不安，但這也是沒辦法的事情。於是我狠下心，就這麼讓人家抱著我回旅館。

然後，時間到了現在。

主人好不容易才從我的脖子上抬起頭後，一轉身仰臥在床上，然後大大伸了一個懶腰。宛如踩在枯樹上的清脆聲音傳來。

我把鼻子往主人手邊一湊，立即聞到一股淡淡的甜味。那應該是塗在文字盤上的蠟香。

「你真好命，這麼輕鬆。」

我嗅了嗅味道後，輕輕舔著主人的手，卻聽到主人這麼挖苦。

主人疲累時總是這麼壞心眼。

「他們說明天要學交涉合約的重點，還要背一些應對話語來應付人家問我是否真是教會人士的時候……我真的行嗎？我連今天學的東西都不確定記起來了沒有……」
雖然方才聽到主人的壞心眼話語，所以不禁垂下尾巴，但看見主人說話時一副顯得不安的茫然模樣，教我怎能夠繼續沮喪下去？既然我是個騎士，就更應該在這種時候成為支持的力量。
「嗯……呵呵。也對，一定沒問題喔。」
雖然主人身上沾滿墨水和蠟的味道，但把鼻子鑽進頭髮之中時，還是聞到了熟悉的主人氣味。我刻意用鼻子發出聲音逗著主人後，主人也閉上眼睛像個小孩子一樣反過來逗著我。
我們經常這樣玩耍。
逗著我玩了一陣後，主人突然停下手來，而這也是每次都會有的情節。
主人臉上浮現豁然開朗的表情，彷彿已經把各種雜念全攪和一起，然後丟出了窗外。
「雖然夢想又從我身邊溜走了，但如果能夠幫助這裡的人，就要好好努力才行。」
說罷，主人睜大眼睛凝視著我。
這種時候主人會露出溫柔又堅強，屬於牧羊人的眼神。
「而且，大家一直向我道歉，也一直向我道謝。甚至讓我根本沒有多餘時間感到悲傷或沮喪。」
主人一副難為情的模樣笑了笑，然後輕輕抓住我的右前腳腳趾。
她只是用手指把弄著我的腳趾，沒有特別做什麼動作。

「阿曼先生還好心地問我要不要在他們公會工作。他說他們跟很多城鎮都有關係，問我要不要在他們那裡工作。結果其他人聽了，也都說願意協助我找工作……」

主人一邊說話，一邊緩緩閉上眼睛，臉上浮現彷彿說出口的每一句話，都在搔弄其臉頰似的表情。那表情就像在炎炎夏日裡，刻意讓陣雨打在臉上時的表情。

主人的弱點就是，遇到有人需要她時就會心軟。尤其是人家拜託她時，更是拒絕不了。

就我所見，無論在任何時候或任何地方，主人都不是人家會有求於她的身分。雖說主人是個金錢也好，教養或權力也好，什麼都沒有的普通女孩，所以這也是沒辦法的事情，但就是在以牧羊人身分累積十足實力後，還是沒有改變。

所以，不知多久前遇到旅行商人和狼的交易時，主人也是很快就心軟。

雖然主人充分理解自己參與了多麼危險的交易，但主人非常在意那個旅行商人有多麼需要她的事實。

如果只是為了自我利益，主人不可能那麼毅然決然。

不過，途中主人曾經因為大筆金錢而鬼迷心竅就是了。看見主人這樣，與其說感到失望，我甚至有些稍微安了心的感覺。

「還有人說如果一切進行得順利，要我乾脆就直接當個正式的助祭司。」

我原本低頭看著主人用手抓住我的腳，聽到這句不容忽視的話語後，忽然抬起頭。

「雖然我也不知道可不可以直接就當助祭司……但好像有過這樣的前例……只是啊……」

說罷，主人朝向我露出苦笑。

就我看來，主人順從於教會甚至到了痛苦的程度。儘管如此，主人對教會仍抱有如白紙般純真的想法嗎？似乎不是這麼回事。

主人露出彷彿在說自己開玩笑開過了頭似的表情，然後把我的前腳拉近她嘴邊說：

「可以的話，我還是想當裁縫師。這樣會太貪心嗎？」

我把前腳用力往前推。

被我覆蓋白毛的前腳一壓，主人的嘴角扭曲成奇怪的形狀。

那模樣像在生氣，又像在笑，也像在鬧彆扭。

主人閉上了眼睛。

下一秒鐘，主人露出惡作劇的表情張大嘴巴，並打算咬住我態度狂妄的前腳。

看見我縮回前腳，主人挺起身子不讓我逃跑，就在我與主人的位置上下對調時——

有人輕輕敲了門。

「來、來了！」

主人答道，然後不知道怎麼搞的輕輕頂了一下我的頭，好像我才是愛惡作劇的小毛頭一樣。

最後主人整理一下服裝，並從床上站起來。

門後傳來艾爾絲的聲音：

「抱歉，這麼晚來。」

「不會……」

主人一邊回答，一邊從頭到腳看了站在門後的艾爾絲一遍。

艾爾絲在這麼晚的時間到訪，樣子還有些怪怪的。

「我知道妳應該很睏了，但請借一些時間給我。我可以進去嗎？」

主人點點頭回應艾爾絲的話語，並讓開身子讓她走進房間。

艾爾絲保持兩手抱著一大堆物品的姿勢走進房間後，主人背著身子關上房門，且仍然發愣地望著她。

我也走下床鋪，在艾爾絲四周走來走去。

艾爾絲打算做什麼呢？

燭光籠罩下，艾爾絲的臉上雖然蒙上深深陰影，卻完全不見白天那般的懷疑眼神。不僅如此，她的全身充滿活力，連我也不禁感到驚訝。

「我剛剛去了卡瑞卡大人的宅邸，搜括了東西回來。」

「搜括東西？」

「沒錯。搜括這個。」

說著，艾爾絲攤開一大塊布料，然後高舉給主人看。

那是一塊純白色的美麗布料。

「我要用這個做祭司服。這塊布料很高級喔。照理說，應該是師父才能夠用這種布料……啊，現在我就是師父啊。反正，這塊布料有這麼高級就對了。」

說罷，艾爾絲瞇起眼睛一副慈愛模樣俯視布料。

雖然只是一塊布料，但在其美麗色澤加分下，不過是攤開來而已，看起來已經像一件餘韻十足的祭司服，真是不可思議極了。

「其實啊，這是鋪在卡瑞卡大人宅邸裡的桌布。」

主人顯得有些驚訝，我也試著用鼻子嗅了嗅味道。原來如此，確實有一股淡淡的魚味和黃芥末籽味。

「因為沒什麼時間裁縫，所以今天要先量好尺寸。」

艾爾絲動作熟練地摺起大塊布料後，從抱來的物品當中，取出好幾處打了結的細繩。

她似乎打算用細繩替主人量身材尺寸。原來量尺寸有這麼多種方法啊。

「時間充裕的話，應該要一點一點仔細量才行，但這次會來不及……當然了，妳真的要變成助祭司大人的時候，不會用這種卡瑞卡大人宅邸裡的桌布，我會拿真正做衣服的布料來做。」

艾爾絲讓主人站直身子，然後動作俐落地量著手腳長度以及身體尺寸。她這麼說完後，露出惡作劇的笑容。

或許一方面是因為正被人量著尺寸，但主人本身就很怕癢，所以發出了竊笑聲。幾天前主人根本無法想像會有人打算使用鋪在貴族家的桌布為她縫製祭司服，而現在有人這麼做，主人肯定覺得很開心吧。

世上的際遇真是不可思議。

在那之後，不知道過了多久。

艾爾絲忽然開口說話：

「妳為什麼會想當裁縫師？」

雖然艾爾絲的問題來得很直接，但主人也以不輸人的直接態度，正面面向艾爾絲回答說：

「因為我似乎很難有機會穿漂亮的衣服，所以就在想希望至少能夠做漂亮的衣服。」

艾爾絲原本一邊讓主人不停轉圈子，一邊量尺寸，聽到主人的回答後，艾爾絲之所以會讓主人面向她，或許是抱著有些惡作劇的心態。

「呵呵。要縫製漂亮的衣服很難喔，剛開始要先從老頭子穿的髒兮兮工作服做起。」

聽到艾爾絲的壞心眼話語後，主人正直地表現出驚訝。

「不只這樣，學徒期間根本沒什麼機會碰到針。以我們公會的規定來說，當裁縫師的學徒差不多要六年的時間。第一年要負責打掃工作場地。第二年負責維護道具。到了第三年，就算第一次有機會碰到針和剪刀，也還不能拿布來縫，頂多只能拿碎布來練習。第四年總算能夠開始縫製像樣一點的衣服。第五年能夠從零開始做起比較正式的服裝。第六年就算通過了學徒畢業考，也還有很長一段路要走。師父……前任師父聽說是在拜師為徒過了十二年後，才有機會縫製城鎮女孩的結婚禮服。」

艾爾絲在最後用力拉緊細繩，測量了讓主人很在意的胸部尺寸。

不過，我可沒漏看艾爾絲在數打結數量時，稍微多算了一些。

但我不知道是不是祭司服本來就是這樣量尺寸，還是艾爾絲預估還有成長空間，或是憐憫主人的表現就是了。

「十二年……」

主人一邊嘀咕，一邊屈指計算。

十二年的時間比主人遇到我到現在，還要長得多。

無庸置疑地，十二年後我肯定已經不在這世上。

「不過，我也沒有當學徒當那麼久，現在就在做祭司服了。所以也是要看運氣。」

然後，因為主人這方面的運氣沒那麼好，所以必須放棄在庫斯克夫成為裁縫師的夢想。

艾爾絲在老舊紙張上記下一大堆內容後，抬起頭一副過意不去的模樣笑了笑。

「雖說只是臨時的，但妳一樣是要成為祭司大人，所以未來一定會受到神明庇佑。」

如果主人是那種會說「這只是暫時的任務」而能夠輕易拋下的人，應該早就能幹地當上了裁縫師。

主人點點頭，然後展露笑顏回答說：「嗯。」

「妳有時間的話，來一趟工作坊吧，我可以教妳一些技巧。」

「咦？」

「那衣服是妳自己縫的吧？縫得很醜。」

艾爾絲指著主人的衣服說道。

就算慌慌張張地遮掩，也擋不住無數的縫補痕跡，主人卻一副像在揮去塵埃似的模樣拍了拍衣服，然後紅著臉低下了頭。雖然主人對裁縫抱著難得有的自信，但世間總是如此不順人意。

「我可以教妳一些基本技巧。雖然我自己都還有很多技巧想向前任師父學習。」

艾爾絲在桌上揮動羽毛筆的模樣看起來，已是個十足的裁縫師。

或許一方面是因為沒能夠好好吃飯，才會如此纖瘦，但艾爾絲的纖細曲線散發出禁慾感，動不動就像在懷疑人的目光，也像是為了準確看布料而有的獨特眼神。

艾爾絲的模樣很適合以「年輕女師傅」來形容。

「……請務必教我基本技巧。」

聽到主人的話語後，艾爾絲顯得難為情地瞇起眼睛，並回答了聲：「嗯。」

「還有，我也可以教妳那個吧。」

「那個？」

「沒錯。」

艾爾絲一邊說道，一邊收拾起東西。

時間已經很晚了。

連我這條不貪睡的狗也因為太睏，而忍不住張大嘴巴打哈欠。

所以，艾爾絲接著說出的話語，就這麼直接丟進了我的大嘴巴裡。

「我聽旅館的老闆娘說妳在唱走了調的裁縫師之歌。」

我不小心從喉嚨發出奇怪的叫聲。

如果我是人類，肯定會捧腹大笑。

艾爾絲也露出不懷好意的笑容，只有主人一人在橙色燭光籠罩下，仍看得出滿臉通紅，並且僵著身子。

「那、那、那個是……」

「哈哈哈，現在已經晚了，所以不太方便，但我會找時間好好教妳怎麼唱。我第一年當學徒的時候，就已經唱到都不想唱了。我還被迫站在城鎮的廣場中央唱呢。」

艾爾絲一把抱起布料和其他物品，然後一副懷念的模樣說道。

主人因為太過難為情而甚至眼角泛著淚光，但那表情也參雜了開心情緒。

「不過，相對呢。」

看見我不停地甩動尾巴，艾爾絲用腳尖頂了一下我的側腰後，接續說：

「妳要教我牧羊人之歌。」

站起身子之前，我的視線已經移向主人。

主人的臉部像結了冰似的僵住不動，然後把視線移向一直立在牆上的那把具有特徵的拐杖。

主人當然能夠堅稱那是旅行上所需的拐杖。

即便如此，主人還是把視線移回艾爾絲身上，並試圖張開顫抖的雙唇。

這時，保持淡淡笑容的艾爾絲先開了口：

「約安跟我說過了。畢竟那傢伙繼承了先祖流傳下來的遭人唾棄血統，只能夠當個放高利貸的人。那傢伙很擔心妳呢。啊！不用這麼嚴肅啦。」

艾爾絲踏出一步、兩步地走近主人，然後在主人耳邊低聲說：

「因為我也打算找放高利貸的人當老公。」

「咦！」

主人的表情一變再變，甚至讓人佩服起她怎麼有辦法說變就變。艾爾絲一副享受看主人這般反應的模樣瞇起眼睛，然後一邊說：「我走了。」一邊朝向房門走去。

「小狗狗也是，昨天抱歉喔。」

我叫艾尼克，不叫小狗狗！

我先吼了一聲這麼提出主張後，才目送艾爾絲走去。

艾爾絲走出房間後，房間內只聽得見蠟燭燃燒的聲音。

我回頭看向主人後，發現主人保持著多種情緒交雜、難以形容的表情，並用手按住雙頰杵在原地。

主人想要成為遇到任何事情都不會動搖的助祭司，似乎還需要一段時間的磨練。

我貼近主人腳邊坐下來後，主人保持按住雙頰的姿勢，低頭望著我說：

「她說要當老公耶。」

這點似乎才是主人感興趣的地方。

雖然覺得有些受不了主人這般反應，但也覺得很像人類女孩會有的表現，所以算是好事吧。

旅館老闆娘端來早餐時，一起送來了長年用慣的聖經。

吉賽帕昨晚似乎清醒過來，並且寫下吩咐事項。吉賽帕吩咐說因為其身體狀況不是很好，打算休息到過了中午的時間，所以要主人在那之前暗記好一些禱告詞，並且把碎布條夾在要主人暗記的幾個地方。

在城鎮裡吃早餐是非常奢侈的行為，而如果說旅館願意招待早餐，是代表感謝主人救了吉賽帕的證據，那麼今天的早餐又換回了小麥麵包，就會是感謝主人下定決心接受城鎮請求的表徵。

雖然我也享用了幾口小麥麵包，但也再次聽到主人的壞心眼話語。

沒錯，我不需要實際暗記什麼東西，但我敢自信滿滿地說自己是支撐主人暗記的力量。

支撐基本動作的騎士總會被誤解過得很輕鬆。

「……之所在。因為神……」

主人反覆嘟噥不停，一隻腳還脫去涼鞋一直在我背上來回滑動。

如果背錯了，主人就會用腳趾頭夾住我的毛髮拉扯；總算記住內容並往下一個內容前進時，主人就會嘆口氣，並同時壞心眼地用力壓我的側腰。

湖泊想要有滿滿清澈湖水，湖底必須有足夠的深度讓泥土沉澱。

只要主人覺得能夠發洩，我非常樂意被蓋上一層泥。

不過，還真希望有人能夠誇獎一下為了不阻礙到主人用功，一直趴在桌下忍耐的我。

還有，希望主人不要一想到就把腳趾頭塞進我的耳朵裡。

只有在主人這麼做時，我才會抬起頭，然後把冰冷的鼻尖貼在主人腳底。

「……此乃神之榮光……所現。這是因為……這是因為……唔～」

主人因為想不出來而發出低吼聲，陪伴羊隻生產時的主人也會發出這樣的聲音。

雖不確定有沒有傳來「碰」的一聲落地聲，但主人忽然挺起身子這麼說：

「這是因為我們遵照了神之旨意！」

主人在這之後確認了答案是否正確，看那模樣似乎已經背起來了。

她粗魯地用腳撫著我的背。

既然我都承認主人的集中力和能力很好，那就根本沒必要為她擔心。雖然我們彼此語言不通，但主人在短短期間內，已成長為那麼了不起的牧羊人。暗記文字這種單純行為與牧羊人的工作比起來，根本是易如反掌。

「嗚……雖然我不確定有沒有記住最前面的內容，不過……嗯，其實還挺容易記住的……喂，你有沒有在聽啊？艾尼克。」

看見主人朝向桌下探出頭，我只好挺起身子爬出桌下，然後在主人身邊坐下。

主人一邊露出難得見到的驕傲表情，一邊撫摸我的頭這麼說：

「你就不能也記住個什麼單字嗎？」

我是一匹騎士，騎士不需要語言。

看見我別過頭去，主人像個喜歡自豪的小孩子一樣用鼻子發出嘆息聲，然後一副有些瞧不起我的模樣摸了摸我的頭。

我都不知道該從何處生氣起。不過，很久沒看見主人這麼天真無邪的表現了。

因為我的心胸非常寬大，所以決定大方地原諒主人。

「啊，不知道現在幾點了喔？」

雖然木窗敞開著，但在不熟悉的房間裡，而且不是住慣了的羊寮，所以沒辦法從光線強弱立刻判斷出時間。主人從桌上站起來，然後把頭探出窗外仰望天空。

主人這般模樣讓我感到新鮮。因為過去主人在城鎮時，總是在亂七八糟地堆著麥桿，還有老鼠和雞隻隨意走來走去的羊寮裡，一邊像個受高燒折磨的病人躺著，一邊推算時間。

然後，主人會看向設置在高處、用來採光的小小窗外，並望著天空推算時間。這時候主人會露出像是顯得達觀，也像是感到絕望的表情，讓人看了不禁感到心疼。

與過去這些時候相比，現在的主人看起來幸福極了。

可能是主人認識的人從底下走過，主人揮了揮手做出回應。

「差不多該出門了。艾尼克！」

我叫了一聲後，在房門前待命。

主人急急忙忙地做了各項準備後，幾乎是條件反射地看向某位置。

取下吊鐘的拐杖就立在牆上。

主人看著拐杖，並且停下動作。

她的側臉散發出像是落寞，也像是悲傷，甚至有種罪惡感的感覺。
因為這把枴杖，害得主人在城鎮裡受到冷酷對待。儘管如此，過去主人一直緊緊抓住不放的，同樣是這把枴杖。
我有些擔心而在房門前有些想要站起來。
然而，我沒有這麼做。因為主人回頭看向我，並且露出難為情的笑容。
我們必須往前進。
為了前進，必須捨棄一些東西。
這時我們應該做的不是感到悲傷，或有罪惡感，更不是要抱住老舊的東西不肯放手。
我們只需要做一件事情，也就是心懷感激。
主人摸了摸我的頭後，我叫了一聲。
為了踏出朝向未知世界的第一步，主人與我打開了旅館的房門。

完

後記

好久不見，我是支倉凍砂。這是第十三集，也是短篇集。很抱歉，等待續集出來的朋友們，請你們再耐心等候一下。不過，諾兒菈迷的朋友們，讓你們久等了。這次新寫作的作品是有關諾兒菈的故事。也就是諾兒菈與羅倫斯兩人分手後的故事。故事裡的艾尼克非常沒大沒小，真是太不像話了！

寫著諾兒菈的故事時，發現這個角色的個性非常平淡，也不知道算不算是苦命型的角色，總之就是沒辦法把氣氛炒熱起來……我只好使出苦肉計，讓艾尼克變得很不像話。

其他短篇故事跟往常的模式一樣。其中有一篇是以赫蘿的角度來描述故事。這篇短篇故事也收錄在雜誌《電擊魔王》的附錄本裡。希望大家會喜歡。

對了，2009年的夏天我去了很多地方玩。因為每年夏天結束時，我總會後悔今年也沒好好玩樂一番，所以就算行程有些滿，我還是硬安排了時間去享樂。首先，七月底時我去了伊豆考潛水執照，八月初以被邀請到香港舉辦簽名會為藉口刻意拉長行程，最後在香港停留了五個晚上。月中我去了Comic Market，月底到北海道的富良野住了三晚。然後，寫這篇後記的一星期前，我又去潛水，而且住了一晚回來。一點一點在學習的吉他，也在花一個半月的時間後，總算學會彈完整首歌。

現在這樣試著全部寫下來後，突然覺得我好像玩太兇了。

對不起！我會工作的！

說到工作，《狼與辛香料》的動畫第二季已經播放完畢，這個故事也差不多該進入尾聲了。姑且不論短篇故事，一想到不知道本篇故事還會出多少集，就覺得感慨良深。不過，總不可能一輩子都寫同一部作品，所以老實說，我已經開始準備下一部作品了。

雖然新作品的內容還是機密，但希望能夠讓大家有為之驚豔的感覺。

所以，下次應該會回到本篇故事！照預定的話，應該會在2010年初吧。一年真的過得很快喔。

那麼我們下次見囉！

支倉凍砂

Kadokawa Light Novels

琦莉 1~9（完）

Kadokawa Fantastic Novels

作者：壁井ユカコ　插畫：田上俊介

少女、不死人、戰亡軍魂的奇特組合，
一段在死亡氣息中窺見眞情的奇想冒險！

第9屆電擊小說大賞〈大賞〉得獎作品，終於邁入完結篇！若這顆行星上真存在著擁有神奇力量的人，拜託請再多給我一些時間讓我和她在一起！琦莉、哈維、收音機下士、貝亞托莉克絲、尤利烏斯，及圍繞著他們的人，最後抵達的「終點」和「起點」是——

各NT$180~220/HK$50~60

台湾角川

Kadokawa Light Novels

打工魔法師 1~9 待續

Kadokawa Fantastic Novels

作者：椎野美由貴　插畫：原田たけひと

禮子死而復生……
但她將成爲京介的死亡使者？

神祕團體陸續派出了刺客，將京介逼到了絕境。而這個組織最狠辣的殺手出現了。她的名字是砂島禮子。過去京介曾經愛過，後來死去的少女。但禮子卻死而復生，並毫不猶豫地出手殺他，然而這究竟是為什麼!?

台湾角川

各 **NT$170~180/HK$45~50**

Kadokawa Light Novels

©Ao Jyumonji 2006

薔薇的瑪利亞 1~5 待續 Ver0~1 待續

Kadokawa Fantastic Novels

作者：十文字 青　插畫：BUNBUN

無論要花幾個月，或是幾年……
就算永不盛開——我還是會一直等待的。

經常給瑪利亞羅斯找麻煩的天然呆魔術士・卡洛那遇上因故成為傭兵的少年・雷尼，一段雞飛狗跳的奇妙旅行就此展開——被鬼人追趕、眼睛變成銀色、獲得奇怪的力量，這一切全是因為這個菜鳥魔術士——卡洛那不為人知的真實故事全新登場！

台湾角川

各 NT$200~260/HK$55~75

Kadokawa Light Novels

tricksters［魔學詭術士］1~6（完）

Kadokawa Fantastic Novels

作者：久住四季　插畫：甘塩コメコ

事件接連發生，當眾人的推理錯誤時，
只有一個人察覺了所有真相，並讓案子邁向終結！

這是一部偽裝成推理小說的詐騙作品，每每帶領讀者進入猜不透的謎題世界。在最後一天的校慶活動中接連發生了密室案件，眾人的推理卻總是無法抵達事件的真相。這些案件究竟是誰、為了什麼而策劃出來？帶有濃厚推理小說氣息的異色輕小說堂堂完結！

台湾角川

各**NT$180~240/ HK$ 50~68**

七彩的召喚類物語，
為了要找尋
接續到
你身邊的歌。

黃昏色的詠使

名詠式是依照「Keinz」、「Ruguz」、「Surisuz（黃）」、「Beorc（綠）」、「Arzus（白）」這五種音色，
藉著歌詠來詠喚物體的召喚術。
相識於名詠專修學校的奈特和庫露耶露，
為了實現願望而積極努力，攜手向前。
這是一個不管任何人讀了之後，
都會覺得極度溫暖的故事……

細音 啓
KEI SAZANE

插畫：竹岡美穗
illustration：MIHO TAKEOKA

定價：各NT$180~220/HK$50~60

系列作品全10集

黃昏色的詠使1 **夏娃在黎明時微笑**
黃昏色的詠使2 **詠唱少女將往何方**
黃昏色的詠使3 **敗者之王高唱阿瑪迪斯之詩**
黃昏色的詠使4 **舞動的世界、夏娃的調音**
黃昏色的詠使5 **夢見所有歌曲的孩子們**
黃昏色的詠使6 **蕭的福音於焉降臨**
黃昏色的詠使7 **新約之門、米克瓦的洗禮**
黃昏色的詠使8 **莉莉絲向百億顆星星祈禱**
黃昏色的詠使9 **索菲亞懷抱歌、羈絆及淚水**
黃昏色的詠使10 **黎明色的詠使**

國家圖書館出版品預行編目資料

狼與辛香料 / 支倉凍砂作 ; 林冠汾譯. -- 初版.
-- 臺北市 : 臺灣國際角川, 2007.08-
冊 ;　公分. -- (Kadokawa fantastic novels)
譯自 : 狼と香辛料
ISBN 978-986-174-451-3(第2冊 : 平裝). --
ISBN 978-986-174-492-6(第3冊 : 平裝). --
ISBN 978-986-174-560-2(第4冊 : 平裝). --
ISBN 978-986-174-646-3(第5冊 : 平裝). --
ISBN 978-986-174-783-5(第6冊 : 平裝). --
ISBN 978-986-174-949-5(第7冊 : 平裝). --
ISBN 978-986-237-310-1(第10冊 : 平裝). --
ISBN 978-986-237-458-0(第11冊 : 平裝). --
ISBN 978-986-237-645-4(第12冊 : 平裝). --
ISBN 978-986-237-775-8(第13冊 : 平裝). --
861.57　96013203

Kadokawa
Fantastic
Novels

狼與辛香料 XIII
Side Colors Ⅲ

（原著名：狼と香辛料XIII Side Colors Ⅲ）

２０１０年７月28日　初版第１刷發行
２０２４年４月12日　初版第13刷發行

作　　者：支倉凍砂
插　　畫：文倉十
日版設計：渡辺宏一
譯　　者：林冠汾

發 行 人：台灣角川股份有限公司
總　　監：呂慧君
總 編 輯：蔡佩芬
主　　編：林秀儒
編　　輯：黎夢萍
設計指導：陳晞叡
美術設計：莊捷寧
印　　務：李明修（主任）、張加恩（主任）、張凱棋

發 行 所：台灣角川股份有限公司
地　　址：104台北市中山區松江路223號3樓
電　　話：（02）2515-3000
傳　　真：（02）2515-0033
網　　址：www.kadokawa.com.tw
劃撥帳戶：台灣角川股份有限公司
劃撥帳號：19487412
法律顧問：有澤法律事務所
製　　版：巨茂科技印刷有限公司
ＩＳＢＮ：978-986-237-775-8